Old Tommy

AF194681

Der imaginäre

Dirigent

L.A.M.

Old Tommy
geboren am 3. Mai 1961 in Berlin,
zählt heute zu den exzentrischen Autoren Deutschlands.
Bekannt wurde er durch seine eigenwillige Lyrik, die bereits
2004 in sechs Bänden im Jerry Music Verlag erschien. Nach
insgesamt 17 Gedichtbänden überraschte er sein Publikum mit
skurrilen Kurzgeschichten, die 2008 erstmals bei Edition Nove
unter dem Titel „Wie jeder weiß" veröffentlicht wurden.

Der imaginäre Dirigent

von

Old Tommy

2020

bearbeitet und herausgegeben von
L. Alexander Metz

© 2020 by L. Alexander Metz

Herstellung und Verlag:
BoD- Books on Demand, Norderstedt

Umschlaggestaltung:
L. Alexander Metz

Herausgeber:
L.A.M.
L. Alexander Metz
Hildegardstraße 6
80539 München

ISBN 978-3-751-95957-5

Inhaltsverzeichnis

Prolog

Der imaginäre Dirigent betritt das Podium und dirigiert
das nicht vorhandene Orchester.

Der imaginäre Dirigent sitzt irgendwo im Hintergrund und
zieht die Fäden der Marionetten.

Der imaginäre Dirigent bist du, bin ich, sind wir.
Der imaginäre Dirigent lebt in jedem von uns.

Teil I

Also mal ganz ehrlich

Lyrisches Schnarchen

Also mal ganz ehrlich, ein Buch zu schreiben, ist schon eine spannende Geschichte.

Also setzte ich mich an meinen PC, mein Dichtertisch wurde leider bei der letzten Pfändung meines minimalen Eigentums ein Opfer der Bänker und Geier. So saß ich nun an meinem PC voller Tatendrang, voller Erwartung an mich selbst, voll von meinen eigenartigen Gedanken, bloß leider ohne greifbare, verwendbare Idee. Hatte ich doch in der Zeit des sinnlosen, einsamen Dahinvegetierens so viel genialen Mist der Nachwelt hinterlassen. Und nun die totale Gehirnpleite! Langsam aber mit der Sicherheit eines kontrollierten Nervenzusammenbruchs brodelte es mal wieder tief in mir.

Verdammt, ich hatte es doch schon einmal geschafft, aus dem Nichts einen Haufen leerer Blätter zu beschreiben. Nächtelang saß ich nun da, in stummer Erwartungshaltung hoffend, wenigstens ein paar kleine Ideen zu erhaschen, sie zu halten und auf Papier zu bändigen, aber irgendwie fühlte ich mich völlig ausgebombt. Wie bereits erwähnt, tief in mir brodelte es, wuchs zu einem Meer des totalen Untergangs meines dichterischen Lebens, doch der Dichter in mir schrie. Nun eigentlich schrie er nicht, er flüsterte ganz sanft und leise, ja fast könnte man sagen, er flehte wortlos.

Tief in Selbstmitleid versunken, kurz vor dem lyrischen Suizid, erwachte etwas in mir und ließ mich aufhorchen. Ein leises, fast zärtliches, hingehauchtes Schnarchen erinnerte mich daran, dass ich ja nicht mehr alleine lebe. Daher also meine Schreibblockade.

Bitte, jetzt nicht falsch verstehen! Seit ich wieder mit einer Frau zusammenwohne, hat mein Leben erst wieder einen Sinn bekommen, besonders nachts.

Langsam, aber mit der Zielsicherheit eines Scharfschützen änderte sie ihre Schlafstellung und ließ noch einmal ein leichtes Schnarchen in dem sonst ruhigen Raum ertönen. Und genau in diesem Augenblick explodierte etwas in meinem Kopf und hinterließ eine Menge sinnloser Ideen und kleiner Geschichten, die wahrscheinlich niemanden wirklich interessieren. Doch trotz alledem habe ich nun alles aufgeschrieben; denn das Schnarchen meiner Freundin soll der Nachwelt erhalten bleiben. Ich glaube, das bin ich ihr schuldig.

Ein Trip ins Einkaufszentrum

Also mal ganz ehrlich, als allein erziehender Vater ist das Leben wie eine Wüste.

Treibsand lässt jeden eigenen Wunsch auf immer verschwinden.

Nun gut, damit kann Mann vielleicht noch leben.

Doch diese Alltäglichkeit, dieses ständige Waschen, Aufräumen, sich um das Essen kümmern, all dieser Stress!

Aber da war auch noch ein Kühlschrank. Ständig leer, trotz wöchentlichen Auffüllens.

Der Kühlschrank war durch viele Gespräche auf ein Minimum eingestuft.

Mann muss ja auch einer Maschine sagen, wo es momentan langgeht.

Der Kühlschrank hatte es verstanden, das heißt: Tiefkühlpizza, Toast, Butter, Marmelade und Bier. Mehr hat dieses Gerät nicht akzeptiert. Als eine entfernte Freundin mal gekochtes Essen vorbeibrachte und dies in unseren Kühlschrank legte, rülpste das Gerät und spuckte dieses für ihn Unverständliche wieder aus.

Diese Frau kam nie wieder vorbei.

Nicht wirklich ein Verlust, aber der Kühlschrank war immer leer, egal wie oft ich ihn auffüllte.

Also den Jüngsten an die rechte Hand, den Älteren an die linke Hand, den Rucksack mit Pfandflaschen auf dem Rücken, und mal wieder einkaufen.

Eigentlich kein Problem, du weißt, was du brauchst, sorry, was der Kühlschrank einfordert.

Aber Kinder sind wie Frauen, schauen rechts und links und entdecken tausend Sachen, die nicht auf deinem Einkaufszettel stehen.

Und dann stehst du da. „Nein, nein , nein!", sagst du zu deinen Kindern, „brauchen wir nicht, wollen wir nicht, mag der Kühlschrank nicht."

Dann packst du ein, und da liegen die Dinge, die du bezahlt hast, aber nicht haben wolltest.

Unmut macht sich bei dir breit, trotz aller Liebe, das war mal wieder eine Nummer zu viel.

In dir brodelt es.

All das Zeug von Süßigkeiten bis zu total Sinnlosem.

Innerlich fasziniert von der Gemeinheit meiner Jungs mir und meiner Brieftasche gegenüber, brüllte ich sie liebevoll an: „Ich ramme euch ungespitzt in den Erdboden!"

Meine Jungs kennen mich, das heißt, sie nehmen mich nicht wirklich ernst. Aber da war eine Mutter mit ihrer kleinen Tochter an ihrer Hand. Könnten Blicke töten, hätte ich euch dieses Erlebnis nicht mehr mitteilen können.

Rollenspiel

Also mal ganz ehrlich, allein zu leben, ergibt nun wirklich keinen Sinn.

Mir persönlich fiel es sehr schwer, allein zu leben, war ich es doch über zwei Jahrzehnte gewohnt, immer einen Menschen an meiner Seite zu haben, in Form einer Frau natürlich. Also, allein leben, ergibt einfach wirklich keinen Sinn.

Nun lebte ich ja nicht lange allein. Kurze Zeit, nachdem meine Ex ihre Freiheit für sich entdeckte, zog mein großer Sohn zu mir. Viele Nächte saßen wir beisammen und planten unsere von der Weiblichkeit verlassene Zukunft. Nun, da wir beide Männer sind, mussten wir uns irgendwie arrangieren; denn irgendwie musste ja der Haushalt geregelt werden. Gut, er geht in die Schule, hat seine Hausaufgaben, aber ich bin noch immer kein frei lebender Schriftsteller und habe daher nun mal einen Job, wie vielleicht der eine oder andere bereits weiß oder sich vielleicht erinnern kann, im textilen Einzelhandel.

Also besprachen wir die täglichen Aufgaben in unserem Zusammenleben und teilten die Aufgaben der fehlenden, weiblichen Person zwischen uns auf. Hat auch super funktioniert, für ihn; denn ich kochte und er hat genussvoll gegessen. Nun, genussvoll vielleicht nicht, aber er hatte Angst zu verhungern, also stopfte er sich meine bescheidene Kochkunst in seine Futterluke.

Was ein pubertäres männliches Etwas in sich reinstopfen kann, ließ mir doch irgendwie den Angstschweiß von der Stirn tropfen; denn ich kannte meinen Kontostand. Alleinerziehend, im Einzelhandel beschäftigt, das heißt, pleite am 10. des Monats.

Also, unser Zusammenleben hat wirklich super funktioniert. Wir haben viel geredet. Endlich hatte ich ein Ohr für ihn. War ja kein anderer da. Aber mit der Zeit drängte er mich in die Rolle der Hausfrau; denn dieses kleine pubertäre Arschloch hat sich ganz allmählich die Rolle der Männlichkeit zu Eigen gemacht und drängte mich somit in eine weibliche Position.

Ja, er hat seinen Dreck in jeden Winkel der Wohnung verstreut, und ich war die gute Fee und räumte ihm alles nach. Viele Nächte habe ich mit ihm gesprochen, doch seine Ausrede war immer die gleiche: „Papa ich bin doch nur ein Kind! Wie soll ich meiner Bestimmung entfliehen?"

Wie soll Mann sich solchen Argumenten entziehen? Also habe ich weiter den Sand aus seinen Fußballschuhen, den er mitten im Wohnzimmer auskippte, mit dem Besen besiegt. Jeden Abend bat ich meinen Sohn, doch bitte den Dreck mit unserem Staubsauger zu beseitigen, er wisse doch, wo er steht.

„Ja, wo er steht weiß ich. Aber wie er funktioniert, habe ich keine Ahnung!"

Ja unser Leben war nicht einfach für mich, aber nach männlichen Normen gestrickt.

Nun habe ich aber wieder eine Freundin, eine weibliche Person, in unserem primitiven Haushalt. Ja, wir haben wieder eine Frau in unserer bescheidenen Höhle des männlichen Wahnsinns.

Durch die Erfahrung mit meinem pubertären Sohn habe ich viel gelernt. Ja, ich habe heute eine große Hochachtung vor Hausfrauen; denn über Monate war ich selbst in diese Rolle gedrängt. Ich habe viel über die Sorgen, Nöte und Ängste von Frauen gelernt. Niemals wieder werde ich meine dreckigen Socken mitten in der Küche liegenlassen. Nein, ich verstehe emanzipierte Frauen heute besser. Niemals wieder werde ich meinen Dreck mitten im Raum verteilen. So etwas ist unfair dem Partner gegenüber. Ab jetzt lege ich meinen Dreckwäsche an die Seite, damit sie nicht stolpert und eventuell hinfällt.

Wegräumen kann sie meinen Dreck dann irgendwann später, wenn sie Zeit hat. Nur sollte sie sich beeilen. Wenn ich nach Hause komme, möchte ich gerne eine aufgeräumte, saubere Wohnung. Ich bin halt nun mal Ästhetiker und liebe eine gewisse Ordnung. Da kann Frau noch so emanzipiert sein, ich bin es auch, und emanzipierte Männer können gefährlich werden.

Die Katze

Also mal ganz ehrlich, Haustiere sind wichtig für das Wohlbefinden von Kindern.

Auch bei der Erziehung erfüllen Haustiere ihren Zweck. Zum Beispiel lernen Kinder bei eigenen Haustieren Verantwortung zu übernehmen, so dass sie, sollten sie endlich einmal erwachsen sein, sich um uns arme Eltern kümmern können, uns ernähren, uns kleiden und uns wickeln.

Also, Haustiere sind hilfreich bei der freien Erziehung eines Kindes, solange die Haustiere nicht in der Überzahl sind. Zehn Tiere, drei Kinder, wie bitte soll man sich da als hilfloser Mann im Familienleben noch behaupten?

Soviel zu den erzieherischen Gedanken eines von Sorgen geplagten Vaters. Zurück in die Realität.

Ich für meinen Teil einer gleichberechtigten Partnerschaft wollte nie wieder Haustiere, hatte ich doch schon zweimal eine Katze gehabt, und die Erfahrungen waren eher schmerzhaft als prickelnd, besonders nachts, wenn die Blase drückt und Mann mit seinen über sensiblen, nackten Füßen in einen Teppich aus Katzensteinen tritt. Wie gesagt, ich für meinen Teil wollte nie wieder Haustiere. Jetzt habe ich zehn Tiere, Frau und Kinder nicht mitgezählt, obwohl sie sich manchmal wie eine Horde wild gewordener Affen benehmen.

Jetzt wird sich jeder fragen, ist dieser Kerl nicht Manns genug, wenn er keine Tiere mehr in seinem Haushalt möchte, sich dagegen auch zu wehren?

Nun, ich glaube, ich sollte bei dieser Geschichte ein wenig in die Vergangenheit entgleiten. Schnallen Sie sich bitte an, verstauen Sie ihr Handgepäck sicher unter dem Sitz und nehmen Sie sich ein wenig Zeit! Es könnte eventuell etwas länger dauern.

An einem grauen, regnerischen Tag X wurde aus meiner Familie ein Männerhaushalt, bestehend aus einem Vater, einem pubertären Möchtegernmann und einem ich-wachse-noch Mann.

Ja, unsere kleine männliche Welt funktionierte perfekt. In der Küche ein leerer Kühlschrank, im Wohnzimmer jede Menge Spaß, im Schlafzimmer tote Hose, doch vor allem keine Haustiere. Nun, so perfekt auch unsere kleine, männliche Welt war, es fehlte eine Frau. Ein Leben ohne Frau ist definitiv sinnlos, ein Leben mit einer Frau ist allerdings verdammt anstrengend.

Ich kommunizierte mit meiner Freundin zu Beginn unserer gemeinsamen Zukunft im Internet. Nun, nach einigen Mails telefonierten wir. Da hatte ich bereits meinen ersten Fehler begangen, denn ich rief sie an, ohne die letzte Mail von ihr gelesen zu haben. In dieser Mail zählte sie alle ihre Tiere auf, keine Stoffteddys, nein, echte, lebende Tiere. Noch sehr bescheiden und zurückhaltend fragte ich sie, woher sie die Zeit nimmt, sich um so viele Tiere zu kümmern. „Ach! ", meinte sie am Telefon, „ich lebe mit meiner Tochter allein, da habe ich sehr viel Zeit." Nun seit einigen Monaten leben wir gemeinsam. Und die Tiere leben auch noch immer! Ein Zeitfaktor, der mir entzogen wird.

Aber, ich liebe meine Patchworkfamilie.

Eine Frau, zwei Söhne, eine Tochter, ein Pferd, einen Hund, zwei Kaninchen und vier Wellensittiche, sowie seit neuestem eine Katze

Ja, eine Katze. Ich wollte doch nie wieder eine Katze! Nun, die Katze, dies ist eine besondere Geschichte, die ihren Lauf an einem sonnigen Sonntag nahm.

Meine Freundin und unsere Tochter fuhren zu einem Open Air Concert, zu zweit, doch nach Hause kamen sie zu dritt, meine Freundin, unsere Tochter und eine Isoliertasche, die sich bewegte.

Nun, ich kenne das gute Herz meiner beiden Frauen, so fragte ich etwas beklommen: „Schatz, hast du ein tiefgefrorenes, lebendes Steak vor dem Verzehr gerettet?"

„Nein", war ihre ruhige Antwort, „komm setz dich, magst du ein Bier trinken?"

Eine solche Frage lässt bei mir sämtliche Alarmglocken um die Wette läuten. Wenn eine Frau einem Mann freiwillig und ohne Zeugen ein Bier anbietet, will sie entweder Geld oder hat ein schlechtes Gewissen. Nun, um es kurz zu machen, in der Isoliertasche war kein tiefgefrorenes lebendes Steak, sondern eine warme, lebende Katze.

„Ach, Schatz", säuselte sie, „das arme Tier war so ganz allein im Wald, da haben wir es mitgenommen. Wer weiß, welch herzloser Mensch diese kleine süße Katze so allein an der Straße im Wald ausgesetzt hat. Sie ist doch auch ein Lebewesen. Wir konnten es doch nicht dort unbarmherzig untergehen lassen."

Nein, das kann man nicht, dachte ich mir. Doch verdammt, warum lief nicht ein anderer, mir völlig fremder diesen Weg, warum ausgerechnet meine beiden warmherzigen Frauen?

Innerlich von diesen beiden großen Katzenaugen befangen, tat ich nach außen noch immer hart. „Ja, mein Engel, da hast du natürlich recht. So ein kleines Lebewesen kann man nicht irgendwo, irgendwie seinem Schicksal überlassen. Doch hast du auch bedacht, dass ich den ganzen Tag allein war? Keine gute Fee kam mit einer Isoliertasche, um mich in ihr Himmelbett zu führen. Irgendwie stimmt hier was nicht."

Nun, nach einem kurzen dreistündigen Gespräch über Gott, die Welt und die Katze als für diesen Augenblick wichtigsten Teil unseres partnerschaftlichen Gespräches, einigten wir uns auf einen Kompromiss. Doch hatten wir unsere Rechnung ohne den Wirt gemacht, und der Wirt war in diesem Fall diese aus der Isoliertasche geborene Katze.

Ich in meiner männlichen Naivität glaubte noch an eine elegante Lösung des Katzenproblems: Etwas Futter auf die Terrasse streuen, Terrassentüre zu, Katze frisst sich satt und faul, streunt noch etwas in der Gegend herum und sucht sich spätestens morgen ein neues Zuhause, und Tommy hat nicht nur Ruhe, sondern auch ein reines Gewissen.

Aber nein, das schlaue Vieh rührt das Futter erst gar nicht an, sondern saust blitzschnell durch die noch offene Terrassentür ins Wohnzimmer. Ein herzerweichendes Miau. Shit, das war das Ende vor dem Anfang.

Freunde, ich bin ein Mann, somit sensibel und ein totaler Versager im Gefühlsbereich. Ja, ich nahm dieses kleine Katzenbaby auf den Arm. Und nun trete ich jede Nacht wieder auf einen Teppich aus Katzensteinen.

Nun gut, dies alles könnte man ja noch ertragen, auch dass die Nachbarn mich mittlerweile als Herrn Zoodirektor begrüßen. All dies könnte ich wirklich ertragen, doch mein kleiner Sohn möchte ein Meerschweinchen, meine Tochter wünscht sich eine Bartagame und mein großer Sohn möchte endlich eine feste Freundin

Manchmal frage ich mich, ob ich nicht ein wenig überfordert bin.

Die Dampferfahrt

Also mal ganz ehrlich, eine Dampferfahrt ist ab einem gewissen Alter entspannend.

Als Kind fand ich Dampfer fahren völlig langweilig und öde. Gut, Schlafen fand ich als Kind auch langweilig und öde. Heute freue ich mich jeden Abend auf mein Bett.

Auf einem Dampfer genieße ich die Sonne, den Wind, rechts und links ist alles grün und unter dir ist Wasser. Vor allem aber genieße ich, nicht reden zu müssen.

Dies war bei meiner ersten Dampferfahrt mit meiner Freundin allerdings ganz anders. Erst ein paar Wochen zusammen, frisch verliebt, da endete der Redefluss auch bei einer sechs stündigen Fahrt nicht.

Sechs Stunden auf dem Wasser, bewölkt, kühl und windig. Ich glaube, so viel Körperkontakt hatte ich über Jahre nicht wie in diesen sechs Stunden. Da es mitten in der Woche war, fuhren auf dem Dampfer außer uns nur ältere Frauen mit und ein junger Mann mit Kopfhörer und einem Richtmikrophon, um Aufnahmen von Vogelstimmen zu machen.

Bedingt durch die kühle Kälte setzte sich meine Freundin wie ein kleines Kind immer wieder auf meinen Schoß. Ich weiß nicht, ob die Blicke der älteren Frauen, die sie mir zuwarfen, mit Sehnsucht oder Verachtung getränkt waren.

Sechs Stunden auf einem Dampfer, eine begrenzte Räumlichkeit, von wo man nicht so einfach fliehen kann, außer durch einen Sprung ins Wasser. Bei der Kälte ein Trip ins Nasse, nein, dann doch lieber sechs Stunden reden.

Nachdem die Themen der Vergangenheit einzeln sowie der gemeinsamen Zukunft insgesamt abgearbeitet waren, entstand ein Stillstand in unserer Kommunikation.

Da meine Freundin aber nicht länger als drei Atemzüge den Mund halten kann, begann sie meine Ideen für neue Geschichten mit mir mündlich auszuarbeiten.

Nun, ich bin ja manchmal schon etwas gemein, aber ihre Ideen übertrafen meine Bosheit um Längen.

Die Blicke der älteren Damen, die mich eben noch leicht sehnsüchtig anschauten, verwandelten sich in geschockt.

Auch ich, der ich gedanklich bestimmt recht sexistisch und gemein bin, war schockiert begeistert.

Doch auch sechs Stunden vergehen. Als der Dampfer anlegte, ließen wir die älteren Damen als erste ausstiegen, nicht aus Höflichkeit, sondern weil wir unsere Kuschelstellung nicht aufgeben wollten. So gingen wir denn als letzte von Bord. Die älteren Frauen waren schon außer Sicht, nur der junge Mann mit dem Richtmikrophon stand noch an der Reling, den Kopfhörer locker um den Hals hängend.

Ich habe noch nie einen Menschen so schmutzig grinsen gesehen.

Das romantische Abendessen

Also mal ganz ehrlich, da freut man sich auf ein romantisches Abendessen mit seiner neuen Freundin und dann …

Gut gelaunt und bester Dinge geht man gemeinsam in eine Lokalität, sorgfältig vorher selbst ausgesucht, der Romantik wegen; denn das Geld, das man ausgibt, soll sich doch auch rechnen, nicht das Mann umsonst investiert.

Also zwei Wochen freut man sich nun auf dieses Highlight des kulinarischen Aktes, sozusagen den ersten Teil des Vorspiels. Nun, wie bereits gesagt, das Restaurant nach allen Kriterien ausgesucht. Der Heimweg sollte zu Fuß zu bewältigen sein wegen Händchen halten, Knutschen und schon mal die Hände an ihr kreisen lassen.

So steht Mann denn voller Erwartung vor der Tür des Restaurants, öffnet höflich, doch vor allem galant, die Tür für sie, folgt langsam ihrem wunderschönem Körper, doch plötzlich droht man zu ersticken, Schweißperlen tropfen von der Stirn. Die Luft in diesen Raum so sauber und rein wie ein frisch gepuderter Babyhintern, keine Aschenbecher auf den Tischen – Rauchverbot.

„Ist doch nicht so schlimm!", sagt meine neue Freundin zu mir, „drei bis vier Stunden halten wir es ohne Zigarette schon aus."

Mir stockt erneut der Atem; denn erstens wollte ich nicht so lange bleiben, dieses kulinarische Vorspiel sollte doch recht zügig über die Bühne gebracht werden, und zweitens drei bis vier Stunden ohne gemütlichen Nikotinschub, nein, das kann ich nicht.

Normalerweise erleide ich nicht so schnell eine Panikattacke, doch dieser Abend sollte etwas Besonderes werden, da kann man doch nicht ständig vor die Tür zum Rauchen gehen. Jetzt war guter Rat teuer. Nun, ich bin ein Mann und somit organisiert, entscheidungsfreudig und spontan.

Nach zehn Sekunden signalisierte mir mein Gehirn die Lösung. Es flüsterte mir ins innere Ohr: „ Junge, stell einen Tisch draußen vor die Tür!"

Gedacht, getan, ich nahm einen Tisch, stellte ihn vor die Tür, zwei Stühle und fünf Kerzen auf den Tisch.

Nun konnte ich rauchen. Die Atmosphäre war verdammt romantisch; denn in dieser dunklen Gegend traut sich eigentlich nach Sonnenuntergang keiner mehr vor die Haustür. Somit waren wir für uns allein.

Der Abend war nicht nur gerettet, er wurde auch noch völlig genial; denn meine Freundin war zu Hause noch total durchgefroren. Sie bettelte mich regelrecht an, sie in den Arm zu nehmen, um sie zu wärmen. Ganz nebenbei brachte ich noch ihren Kreislauf auf höhere Ebenen, so dass sie nach fünf Stunden warm und kuschelig einschlief und ich völlig befriedigt vor mich hin träumte, während ich sie verliebt anschaute.

Vom Fall und anderen Grausamkeiten

Also mal ganz ehrlich, wer nicht mit beiden Beinen im Leben steht, sollte das Haus nicht verlassen.

Ich meine mit beiden Beinen fest im Dasein verankert, ohne zu fallen. Gefallene haben nicht nur den Nachteil, dass sie liegen, nein, die anderen lachen auch noch boshaft über das Missgeschick.

Aber es gibt auch Situationen, wo ein Stehender seine Lebenslage blitzschnell ändert, sich gemütlich auf den Pflastersteinen räkelt, ein völlig Unbeteiligter aber, der sich Einhundert Meter entfernt in Sicherheit wiegt, durch den Haltungswechsel dieser einen Person schwer verletzt wird.

Ja Freunde, dies ist eurem Erzähler widerfahren, an einem kalten Sonntag in einer rauchfreien Kneipe.

Gemütlich saßen wir bei einer Tasse Bier und plauderten. Meine Freundin, ein Freund mit seiner Frau, sowie einige Andere, die ich bereits vergessen habe. Nun wie gesagt, es war eine rauchfreie Kneipe, eine neue Mode per Gesetz erzwungen. So saßen wir und plauderten, tranken, philosophierten halt über das Leben von Pferden. Ja, wir besitzen ein Pferd, obwohl dies mit der Geschichte nichts zu tun hat; denn das Pferd hat vier Beine und ist recht standsicher.

Zurück zu meinem traumatischen Erlebnis an diesem Sonntag, welches beinahe mein Leben in seiner männlichen Art für immer hätte verändern können. Zurück zum Tisch in dieser rauchfreien Kneipe.

Irgendwann befällt einen Raucher das Gefühl, dass die Luft in seiner Lunge sauberer ist als ein frisch gepuderter Babyhintern und sein Gehirn signalisiert ihm, dass sein Nikotinspiegel weit unter Null liegt. Jetzt gibt es für einen notorischen Raucher nur eins, Päckchen aufreißen, Feuerstein aus der Hosentasche und tief inhalieren.

So ähnlich erging es nun einer Bekannten meiner Freundin. Da aber im Raum nicht geraucht werden durfte, begab sie sich nach außerhalb. Bis hierher verlief der Tag noch immer in seiner Normalität, doch dann…!

Die Bekannte meiner Freundin war der Meinung, dass sie Faxen vor den großen Fenstern machen müsse. Tja, nun nahm das Unglück seinen Lauf; denn plötzlich war sie verschwunden. Nun, dies wäre noch nicht wirklich ein Unglück; denn Frauen verschwinden nun mal, eigene Erfahrung, und sie gehen nicht nur mal kurz Zigaretten holen wie wir Männer. Nein, Frauen verschwinden meist in den Armen eines anderen männlichen Trottels. Gut, das verschafft ein ruhiges Gewissen; denn als Mann weiß man ja, ist sie von dir weg, geht sie auch vom anderen. Ich glaube, an Frauen ist die Evolution vorbeigegangen. Wir sind heute kein Wandervolk mehr, doch sie wandern von einem Arm in den anderen, was uns Männern allerdings die Freiheit gestattet, mit ruhigem Gewissen in unterschiedlichen Zeitabständen das Bett zu wechseln.

Doch nun zurück zu dem unglückseligen Sonntag in dieser rauchfreien Kneipe. Wie bereits gesagt, die Bekannte meiner Freundin verschwand urplötzlich, als ob die Erde vor Hunger sein Maul aufreißt und einfach mal eine Frau verspeist.

„Sie ist gefallen und steht nicht mehr auf!" Dieser Satz riss mich aus meinen Bierträumen und ich stellte mich der Kneipenrealität, das heißt, ich wollte mich stellen, doch leider stand meine Freundin bereits, und da es recht eng in dieser Kneipe war, schob sie den Tisch ganz durch Zufall in meine Richtung, das heißt, sie schob ihn zielsicher in meine Familienjuwelen. Obwohl ich regelmäßig ins Solarium gehe, wechselte meine künstliche Bräune in ein krankhaftes Weiß. Schweißperlen tropften von meiner Stirn und so schnell ich nach ihrem Notruf auf meinen Beinen war, in Schallgeschwindigkeit klappte ich in mir zusammen.

Als ob dies noch nicht genug Demütigung für diesen Tag sein sollte, da bekommt man von seiner eigenen Freundin eine Tischkante in die Weichteile gerammt, mit solch einer Wucht, dass die Tischkante aus dem Hintern schaut, nach Luft schnappt und um einen Lappen bettelt. Nein, jetzt betritt die Bekannte meiner Freundin den Raum und strahlt: „Nichts passiert, wollte nur mal die Sterne aus einer anderen Perspektive betrachten." Kein Wort des Mitleids von ihr, als man mich auf einer Trage hinaustrug.

Dies alles hätte man als Mann noch ertragen können, doch als meine Freundin abends im Bett zu mir sagte, ich würde ja gerne noch mit dir zärtlich kuscheln, aber ich glaube, dir tun noch die Eier weh, in diesem Augenblick verlor ich den Glauben an alle Frauen in ihrem weiblichen Dasein.

Ein Geschenk der Götter

Also mal ganz ehrlich, der Fernseher ist eine super Erfindung. Überhaupt diese gesamte Unterhaltungsindustrie – der wahre Wahnsinn!

Also der Fernseher ist wahrlich ein Geschenk der Götter. Beim Fernsehen wird man unterhalten und kann sich gleichzeitig weiterbilden, Action pur genießen und jede Menge Werbung in sich aufsaugen. Ich persönlich liebe, wie einigen vielleicht bekannt ist, Werbefantasien. Jede Menge Langeweile und Dummheit in einem kurzen Spot. Und auf zu neuen Schandtaten!

Nun darf man nicht vergessen, die Werbeindustrie ist ja über die Jahrzehnte zu einem gigantischen Industriezweig angewachsen. Gäbe es von heut auf morgen keine Werbung im Fernsehen, Radio, Zeitungen und so weiter, ja gäbe es keine Werbung mehr, ginge die Werbeindustrie pleite und Tausende Menschen würden ihren Arbeitsplatz verlieren, und das kann sich dieses Land momentan nun wahrlich nicht leisten.

Bedenkt bitte, dass die Arbeitslosenzahl steigt; denn seit dem unmenschlichen Anti-Raucher-Gesetz wird sich die Tabakindustrie nach und nach in Luft auflösen, allerdings in eine saubere Luft; denn da die Raucher ihr Laster zu Gunsten der besseren Menschen, also der Nichtraucher, aufgegeben haben, gibt es keine Umweltverschmutzung mehr, auch keinen Feinstaub.

Nun, liebe Freunde, der Gesetzgeber will ja noch weiter gehen. Ja, da liegen schon grausame Pläne im Schreibtischschubfach.

Schritt eins der Tabak, dann der Alkohol und ganz zum Schluss, sozusagen der Gnadenstoß, der Sex. Dann sind wir alle sauber und clean, gesund und fröhlich, vor allem aber verdummte Langweiler.

Nun stellt sich mir die Frage, wie kann es passieren, beim Thema Werbung zu dem Begriff „verdummte Langweiler" zu gelangen? Tja, diese Frage kann ich mir nun selbst auch nicht beantworten. Oder doch?

Also, ich liebe Werbefantasien, ja Freunde, diese glücklichen Volltrottel des künstlichen Daseins, ich beneide sie.

Also ich muss mich jetzt mal brutal outen. Lange Zeit lebte ich allein, da konnte das Fernsehen mir nichts, rein gar nichts bieten. Ich brauche einen Menschen neben mir beim dämlich vor sich hin Vegetieren in Richtung Glotze. Allein macht das wirklich keinen Spaß. Lange Zeit meines einsamen vor sich hin Vegetierens, also eine Zeit der menschlichen Grausamkeit, ja da habe ich nicht ferngesehen.

Allein fernzusehen ist genauso pervers wie allein einen Porno in den DVD-Player zu legen. Egal wie gut du zu dir selbst bist, irgendwie fehlt etwas.

Also, wie gesagt, lange Zeit des lebenden Stillstandes schaute ich kein Fernsehen. Nun gut, ich muss zugeben, ich hatte ja auch keine Zeit, da waren so einige Frauen, deren Namen ich bereits vergessen habe.

Seit einiger Zeit habe ich wieder eine feste Freundin. Ja, und nun läuft die Glotze jeden Abend wieder. Den Göttern sei Dank!

Gut, ich gebe zu, sie hat Macken, also meine Freundin, nicht die Glotze. Sie hat sogar eine Menge Macken, aber wenn Mann bedenkt, dass sie eine Frau ist, ist das schon in Ordnung.

Wir haben wirklich eine super tolle Beziehung, wir haben bei wichtigen Themen auch die gleiche Meinung, z.B. einmal am Tag Sex reicht, den Rest des Tages kann man dann in aller Ruhe gemütlich fernsehen. Obwohl sich mir gerade die Frage stellt, warum heißt es eigentlich fernsehen? In meiner kleinen Bude, wo die Luft zum Atmen fehlt, müsste es eigentlich nahsehen heißen. Und überhaupt Ferne gibt es bei mir nicht, weder beim sinnlosen Glotzen Richtung Totenkiste noch in der Beziehung.

Freunde, ich liebe diese Maus wirklich, ganz ehrlich, noch nie habe ich mit einem Menschen an meiner Seite so intensiv gestritten, welches Waschmittel das beste ist. Ja, die Werbung ist ein Geschenk der Götter, um uns zu quälen.

Echt lecker

Also mal ganz ehrlich, Lecken ist echt lecker.

Liebe Leser, innerlich spüre ich schon euer Aufstöhnen. Allerdings weiß ich jetzt nicht, ob aus Sehnsucht oder Prüderie.

Leider muss ich euch alle enttäuschen; denn mit dem Begriff lecken, formen sich bei mir Kindheitserinnerungen.

Jeden Samstag, wenn meine Mutter Kuchen gebacken hat, durften wir Kinder die Quirle vom Mixer ablecken, aber noch genialer war es, die Teigschüssel auszukratzen. Das war das Samstag Highlight für uns Kinder.

Als mein älterer Sohn so ungefähr vier Jahre alt war, waren wir bei unseren Nachbarn zum Kaffee eingeladen. Auf dem Tisch stand so einiges Gebäck sowie Mini Negerküsse, diese kleinen Dinger in drei verschiedenen Farben. Mein Sohn nahm sich ein dunkles, führte es zum Mund und legte es zurück, um das hellere sich zu greifen, führte es wieder zum Mund, um es sofort zurückzulegen. Bei dem Versuch, sich das dritte weiße zu nehmen, hielt ich seinen Arm fest und sagte zu ihm: „Du kannst doch die Dinger nicht anbeißen und sie dann wieder zurücklegen!"

Entgeistert schaute mein Sohn mich an. „Papa ich habe sie nicht angebissen. Ich habe nur mal daran geleckt!"

Tja, Lecken ist echt lecker.

Das sonntägliche Frühstück

Also mal ganz ehrlich, das sonntägliche Frühstück ist der Höhepunkt der Woche. Endlich Zeit, die Brötchen zu genießen und einmal von sieben Tagen am heißen Kaffee sich nicht das Maul zu verbrennen.

Was ich aber besonders liebe, sind die Gespräche mit meiner Freundin. In sorglosem Dasein teile ich ihr beim siebten oder achten Krug Kaffee mit, was ich so an diesem Sonntag vorhabe, wichtige Dinge wie Musik hören, faulenzen, lesen, einfach nichts tun.

Im Gegenzug erzählt sie mir natürlich von ihrer Vorstellung des sonntäglichen Ablaufs.

Was mich aber jeden Sonntag in Erstaunen setzt, bei dem Ablauf ihres Sonntags hat sie mich total mit eingeplant.

Nun gut, ein paar Minuten kann ich ja ihren Wünschen opfern.

Am Anfang unserer Beziehung dachte ich, das bisschen, das sie von dir verlangt, ist schnell getan, dann das verdiente Relaxen. Aber nein, nicht bei meiner Freundin! Über die Jahre musste ich schmerzlich begreifen, dass das, was sie mir am sonntäglichen Frühstückstisch als kleine Gefälligkeit verschleierte, nicht alles war, was sie für mich schon seit Tagen geplant hatte.

Dann kam der Tag, wo ich mich standhaft und lautstark wehrte. Ich sagte ihr in meiner ruhigen, aber stimmgewaltigen Art, dass ich diesen Sonntag keine einzige Hand bewegen werde, setzte mich in meinen Dichterstuhl, drehte die Hi-Fi-Anlage auf Höchstgrenze und gab mich voll mir selbst hin.

Jetzt wurde sie gemein. Nein, sie hat mich nicht geschlagen, sie schaute mich nur kurz an. „Schatz, ruhe dich aus, genieße dein Dasein, ich verstehe dich ja."

Dann griff sie zum Telefon, rief den Freund unserer Tochter an, teilte ihm mit, dass ich eine faule Socke bin, und bat ihn vorbeizukommen, sie sei ja so schwach.

Selbstverständlich war der arme Kerl in Windeseile da und rackerte sich den Buckel krumm.

Da ich ein sensibles Kerlchen bin, tat der arme Kerl mir bald so leid, dass ich meinen Dichterstuhl verließ, mir meine dreckigen Klamotten überstreifte und mich nach draußen bewegte, um dem Jungen hilfreich zur Hand zu gehen. Nun hatte die Frau mit einen Mal zwei Trottel, die ihre Wünsche erfüllten, und ein Ende war nicht in Sicht.

Im Laufe der Jahre, nach so vielen versauten Sonntagen habe ich für mich beschlossen, meiner Freundin bereits am sonntäglichen Frühstückstisch zu verzeihen, dass sie mit hundertprozentiger Sicherheit mir auch diesen Sonntag wieder versauen wird.

Die lebende Bettdecke

Also mal ganz ehrlich, ein Schock ist ein Zustand, wo alle Phasen deines Körpers herunterfahren, das Herz signalisiert Stillstand, der Kreislauf fährt in den Keller und fragt, wie er weiter nach unten gelangt.

Um es auf den Punkt zu bringen, der gesamte Körper rebelliert und erklärt Ausnahmezustand.

Nun, liebe Freunde, werdet ihr euch fragen, was eine so detaillierte medizinische Aussage hier zu suchen hat.

Die Antwort liegt in einem Tag, einem ganz gewöhnlichen Tag.

Nein, es war kein ganz gewöhnlicher Tag; denn es war das erste Mal, dass ich mit meiner Freundin für ein paar Tage in den Urlaub gefahren bin. Das erste Mal nach vier Jahren, die wir nun schon zusammenlebten, das erste Mal seit vier Jahren ohne Kinder, nur wir selbst.

Also, sein Mädel mal nur für sich alleine zu haben und dazu ein großes Bett, davon hatte ich schon so lange geträumt.

Da meine Freundin genauso dachte wie ich, dauerte es auch nicht lange und wir lagen auf diesem großen Bett, eng umschlungen.

Nun, wir plauderten kurz, hier und da mal ein Kuss und so weiter.

Irgendwie landete ihre Bettdecke auf dem Boden, was in solchen Momenten ja auch völlig egal ist, beziehungsweise egal sein sollte. Doch plötzlich mitten in diesem Spiel der Freude wanderte die Bettdecke in Richtung der gegenüber liegenden Wand.

Meine von der Gartenarbeit gebräunte Haut nahm die Farbe eines bleichen Weiß an, sämtliche Bewegungen meinerseits erlagen dem Stillstand.

Ich schaute mit verängstigten Augen in ihr Gesicht und erschrak erneut, ihr Gesichtsausdruck signalisierte mir einen einfachen aber erschreckenden Satz: „Wenn du jetzt aufhörst, hast du für den Rest deines Lebens echte Probleme!"

„Schatz", flüsterte ich, „die Bettdecke lebt!"

Nun änderte sich schlagartig auch ihre Gesichtsfarbe. Sie klammerte sich fest an mich.

In völliger Panik beobachteten wir, noch immer fest umschlungen, diese lebende Bettdecke.

Liebe Freunde, es wurde noch gruseliger, diese Bettdecke hörte auf zu wandern, erstarrte und gebar einen schwarzen Kopf.

Der Schreckensschrei, der meine Kehle entfleuchte, verstummte wie von selbst.

Wir hatten zwar die Kinder daheim gelassen, aber unseren Hund mitgenommen, an den in diesem Moment niemand dachte.

Der Fuß von Frau Unbekannt

Also mal ganz ehrlich, ich besitze kein Auto, ich habe nie einen Führerschein gemacht, ich führe mich halt selbst ohne staatliche Zulassung.

Nun, ohne Führerschein, ohne Auto, aber mit schmerzenden Füßen greift man gern auf öffentliche Verkehrsmittel zurück. Da ich schon immer gut organisiert war, um in dieser Wildnis unserer Zivilisation zu überleben, habe ich bereits seit Jahrzehnten eine Monatskarte. Leider hilft mir meine Monatskarte aber nicht bei den zwischenmenschlichen Problemen im öffentlichen Verkehr.

An einem Tag, der schon beim Erwachen Alpträume in meinen morgendlichen Kaffee schmuggelte, musste ich Bus fahren; denn ich hatte einen Termin beim Zahnarzt. Meine sonst so lebensfrohe Stimmung wollte mich an diesem Morgen einfach nicht begrüßen. Mein morgendliches Frühstück bestehend aus zwei Packungen Zigaretten und fünf Eimern Kaffee konnte mein mir selbst anerzogenes „Leck mich am Arsch"-Gefühl nicht wachkitzeln.

So stieg ich also mit negativer Vorahnung in den für mich reservierten Bus, Richtung Zahnarzt, Richtung Angst.

Ich konnte einen Fensterplatz für mich freiräumen und versuchte die gesamte Fahrt, nicht an meinen Termin zu denken. Viel zu schnell erreichte der Bus die Haltestelle, wo ich aussteigen musste. Beklommen und innerlich total verängstigt begab ich mich zur Tür, dabei trat ich versehentlich auf den Fuß einer älteren Dame. Sofort und ohne Vorwarnung griff die zierliche Frau mich verbal an. Ich, noch völlig in meinen Angstträumen gefangen, was mein Freund der Zahnarzt heute für mich wieder an qualvollen Späßen bereit hält, begriff erst sehr träge und langsam ihre verbale Attacke gegen meine Person. In slow Motion aber mit sicherer Trefferquote drangen ihre Schimpfworte zu mir durch und ich registrierte gerade noch den Satz „Können Sie, verdammt noch mal, nicht aufpassen, wo sie hintreten, Sie Trottel!"

Aufgrund meiner eher schlechten Stimmung schaute ich sie mit großen Augen an und fragte sie ganz höflich: „Was willst du, blöde Kuh, von mir?"

„Sie sind mir auf den Fuß getreten. Sie könnten sich ja wenigstens dafür entschuldigen, sie Tollpatsch!"

Nachdem ihre Bosheit mich innerlich erreicht hatte, stellte ich ihr gegenüber klar: „Liebe Frau Unbekannt, dass Ihr Fuß unter meinem stand, dafür kann ich doch nichts. Es ist doch nicht meine Schuld, dass Sie Ihre Gliedmaßen nicht unter Kontrolle haben!"

Der Bus stand noch an der Haltestelle und die anderen Fahrgäste begannen sich zu amüsieren.

Die recht zierliche, ältere Dame plusterte sich jetzt auf, was ungefähr so aussah wie ein Wollknäuel, das unsere Katze zerrupft hat.

„Ich verlange von ihnen eine Entschuldigung, Sie Flegel!", brüllte sie mir entgegen.

Ich bin bestimmt ein höflicher, netter Mensch, aber meine Angst vor dem Zahnarzt, diese von sich selbst eingebildete Mitfahrerin, halt die gesamte Tagessituation ließ alles von mir abfallen, was mich als Mitbürger begehrenswert macht. Innerlich wurde ich zum Tier. Ich folgte jetzt nur noch meinen Instinkten, meine rechte Hand ballte sich zur Faust. Doch in dem Moment, als ich zuschlagen wollte, signalisierte mir mein Gehirn die Botschaft: „Mein Freund, sie ist es nicht wert. Bitte, entkrampfe deine Muskulatur, entspanne dich! Hände in die Hosentasche, sodass nichts geschieht, was du vielleicht später bereust!"

Ich schaute die mir fremde Person an und ließ meine Hände in die Hosentaschen gleiten, und da fand ich, was ich jetzt brauchte, einen Stift und einen Zettel. Sofort verließen meine Hände den soeben erreichten Ort und ich schrieb schnell, aber leserlich, ein paar Ziffern auf.

„Liebe Frau Unbekannt", sagte ich zu ihr, „es tut mir schrecklich leid, dass Ihr Fuß unter meinen rutschte. Doch wie ich bereits erwähnte, kann ich nichts dafür!"

Ich reichte ihr den Zettel, auf dem ich eine Zahl notiert hatte, mit den Worten: „Dies ist die Telefonnummer meiner Eltern. Vor sehr, sehr vielen Jahren haben die beiden es sich gegönnt, den Fernseher auszulassen und den ganzen Abend im Bett verbracht. Nun, ich bin das Ergebnis. Wenn Sie also der Meinung sind, hier einen auf Großkotz zu machen, um bei mir ihren Frust abzulassen, möchte ich Sie höflichst darauf hinweisen, dass Sie bei mir an der falschen Adresse sind. Ich wünsche noch einen schönen Tag und nun leck mich!"

Schon bei der nächsten Station verließ ich den Bus, um endlich meinen Foltermeister aufzusuchen.

Kaum hatte ich unfreiwillig den Mund geöffnet, hörte ich meinen Zahnklempner sagen: „Tommy, das ist ja das erste Mal, dass bei dir alles top ist!"

„Kein Bohren?"

„Nein, Tommy, alles im grünen Bereich."

Ich kramte erleichtert in meiner Hose, um mein Herz wieder an den rechten Platz zu installieren.

Kaum stand ich wieder an der Bushaltestelle, sah ich neben mir Frau Unbekannt. Ohne nachzudenken, nahm ich sie in den Arm. „Schätzchen, ich lade dich auf einen Kaffee ein. Naja, betrachte es als Entschuldigung dafür, dass dein Fuß unter meinem stand."

Vom Berühmtsein und anderen Peinlichkeiten

Also mal ganz ehrlich, sich durch das Leben zu mogeln, ohne dass es irgendjemand bemerkt, ist recht schwierig.

Ständig wird man von irgendjemand irgendwo angequatscht, besonders, wenn man berühmt ist. Bin ich aber leider nicht, obwohl ich schon als Kind von einer Karriere als Musiker träumte. Da oben auf der großen Bühne im grellen Scheinwerferlicht des Erfolges stehen, als Herr der Noten und Töne, als Held der göttlichen Musik. Doch die Jahre vermehrten die Erkenntnis, kein Talent.

Nicht aufgeben, sagte ich zu mir, du bist jung, du bist gesund und zu irgendetwas wirst du schon taugen, und wer berühmt sein will, muss auch flexibel sein. Also kein Musiker, sondern Schauspieler.

Der Weg eines Oscar-Gewinners beginnt in der Schauspielschule. Doch ehe ich eine Schauspielschule fand, war ich schon zu einem Casting eingeladen.

Ein Casting, welch ein Schritt in die Welt der ganz Großen! Ein Casting, das heißt, ungefähr sechs Stunden warten, bis die nicht Talentierten durchfallen und nach Hause gehen.

Endlich bist du an der Reihe, kannst endlich zeigen, welche Talente in dir schlummern. Zuerst Sprechprobe, ein kurzer mir nicht bekannter und völlig unverständlicher Text. Also diesen Text hätte selbst eine Hollywood Koryphäe nicht lesen können. Ich persönlich würde dem Drehbuchautor die Lizenz zur Nutzung der deutschen Sprache entziehen.

„Leider sind Sie für diesen Film nicht geeignet", sagte der Casting Manager, „aber ich plane gerade einen neuen Tatort, und da Sie völlig blass und ausdruckslos sind, wären Sie die perfekte Leiche."

Mein Durchbruch, eine Leiche im Tatort, eine Leiche im deutschen Fernsehprogramm! Mein Traum schien in greifbarer Nähe. Doch leider war ich bei den Dreharbeiten so aufgeregt, dass ich wahrscheinlich die lebendigste Leiche in der Geschichte des deutschen Fernsehens war, und so bevorzugte der Filmboss ein frisches Unfallopfer.

Nicht aufgeben, sagte ich mal wieder zu mir, versuche es über den Weg der Pornoindustrie, schon manch berühmter deutscher Schauspieler begann auf diese Weise sein Talent zu schulen und auszubauen, sozusagen vom Hengst zum Tatort-Kommissar.

Meine Karriere im Pornogenre begann mit einem zehntägigem Seminar. Das musste ich aus eigener Tasche bezahlen. Doch durch die recht spannenden bis entspannenden Seminare sparte ich viel Geld; denn meine regelmäßigen Puffbesuche entfielen ja zu dieser Zeit. Alles verlief sehr vielversprechend und ich sah mich schon auf dem roten Teppich wandeln, doch bei dem Sicherheitsseminar „Folgen und Maßnahmen nach dem Eindringen in eine dafür nicht vorgesehene Körperöffnung" kniff ich und schmiss alles hin. Ich wollte zwar von Hinten in die Filmbranche eindringen, doch nicht unbedingt anal.

Langsam, aber sicher verblasste mein Traum vom Berühmt sein. Als Musiker untalentiert, als Schauspieler zu tot, als Leiche zu lebendig und als Pornogott zu prüde, so blieb mir nur die unfreiwillige Freundschaft mit dem langweiligen Leben eines Durchschnittsbürgers, Schule, Ausbildung, Freundin, Heirat, Kinder, Lebensversicherung, Scheidung, Freundin, andere Freundin, dann mal wieder eine neue Freundin, Sterbeversicherung, Exodus, halt der normale Wahnsinn eines Menschen in der westlichen Welt.

Die Sanduhr leert sich, die Tage werden kürzer, die Zeit beginnt einen Wettlauf, den man verliert, egal, ob berühmt oder nicht.

Nur die Medien erschaffen Ruhm und Gloria, nur die Medien puschen einen Niemand an die Spitze. Ich glaube den Medien sowieso nicht, doch ich glaube an das Individuum und ich glaube, das jeder Mensch auf seine Art und Weise berühmt und beliebt ist.

Die Katze II

Also mal ganz ehrlich, seit jenem sonnigen Sonntag, vor vielen Jahren, als eine Katze unser Leben um Familienmitglied Nummer dreizehn erweiterte, sind so viele Dinge geschehen.

Ein Auf und Ab in unserem „Patchworkfamilienleben.

Die Katze an sich und auch als Tier lebt noch, und ich trete weiterhin nachts in einen Teppich aus Katzensteinen. Das ist für mich auch völlig in Ordnung; denn sie hat sich besser in das Familienleben eingegliedert als manch ein anderer.

Auch die Kinder leben noch, über die Jahre gewachsen und zum Teil außer Haus. Einige drohen bereits mit Enkelkindern. Ist für mich aber auch völlig akzeptabel, nicht nur dass ich tolerant bin, ich gönne ihnen diesen Moment der Tyrannei oder auch viele davon, musste sie ja auch ertragen.

Also nicht falsch verstehen, ich freue mich auf meine Enkel, ich freue mich aber auch darauf, sie wieder zurückzugeben. Natürlich mit der Vorfreude, dass ich Ruhe habe und die Kinder nicht.

Doch nun zurück zur Katze.

Über die Jahre habe ich sie wirklich lieb gewonnen. Sie bellt nicht, ist billig im Unterhalt und hat die Gabe, sich unsichtbar zu machen.

Vielleicht kann sich ja der eine oder andere daran erinnern, wie das vor Jahren war?

Eine Frau, drei Kinder, zwei Kaninchen, vier Vögel, ein Pferd, einen Hund und sehr viele Stofftiere.

Dann bereicherte diese Katze auch noch mein geplagtes Leben. Und es wäre für mich tröstend gewesen, wenn jemand zum mir verständnisvoll gesagt hätte: „Armer Kerl, ich freue mich ja so, dass du noch lebst, alt und grau zwar, aber du atmest noch."

Eigentlich war das alles gar nicht so schlimm. Das Leben öffnet doch immer wieder Türen und Fenster für jeden von uns, allerdings öffnet dieses Leben diese Fenster und Türen auch Tieren. Um es kurz zu machen, die Katze war nicht unser letztes Familienmitglied, und das, obwohl ich mir doch geschworen hatte, keine Tiere und Kinder mehr.

Eigentlich ging alles ganz harmlos seinen Weg. In einer gemütlichen Familiendiskussionsrunde kam der Wunsch nach einem zweiten Hund auf. Trotz meines stimmgewaltigen „NEIN" war ich mit mir in der Minderheit. Ich möchte fairerweise betonen, dass die bereits vorhandenen Tiere kein Mitspracherecht hatten. So saß ich nun in einer imaginären roten Strafecke und überlegte mir, das Beste aus meiner verlorenen Stellung zu machen.

Okay, sagte ich zu mir selbst, mal kurz gerechnet, die vier Vögel sind verstorben und der Kaninchensensenmann äugte doch auch schon mal in unsere Hütte.

„Ihr habt mich überstimmt", hörte ich mich sagen, in Gedanken bei einer Rechnung, wo die Bilanz auf meiner Seite ist. Dass dieses verfrühte Nachgeben ein Fehler war, merkte ich dann über die Jahre.

Nach dem zweiten Hund kam ein Kater, also ein echter, keiner durch Saufen künstlich erzeugter.

Allerdings war der Kater nur ein kurzeitiger Gast; denn er hatte eine sehr spezielle Macke. Er legte sich immer auf die Straße, um die Autos zu beobachten. Tja, und dann war er plötzlich recht platt. Vielleicht war er in einem frühen Leben mal ein schlechter Mechaniker gewesen.

Dann setzte sich meine Tochter durch; denn wie wir ja wissen, wollte sie immer eine Bartagame.

Ich möchte hier jetzt mal kurz vorgreifen, so zirka viele Jahre, das Terrarium steht jetzt in meinem Wohnzimmer, wo eigentlich meine Harley Davidson mal stehen sollte.

Ach ja, meine Tochter hat diesen von Tieren geprägten Haushalt schon vor einiger Zeit verlassen.

Dann kam der dritte Hund.

Wie sehr habe ich dieses Welpenwollknäuel doch in mein Herz geschlossen! Zumindest als es noch klein war.

Jetzt nach drei Jahren und diesem ständigen Wachstumsdrang fühle ich mich eigentlich mehr verängstigt.

Da das Papier langsam knapp wird, möchte ich versuchen in zwei bis zwanzig Sätzen zu einem Punkt zu kommen, wo ich wenigstens einigermaßen gut dastehe.

Fazit: Eine Frau, drei Kinder, zwei davon außer Haus, einer noch daheim, hat sich auch seinen Wunsch erfüllt, er wollte immer noch wachsen. Nun ist er einen Kopf länger als ich mit einer Schuhgröße von mindestens …, im normalen Einzelhandel nicht erhältlich.

Drei Hunde. Einer Bartagame auf meinem Harley-Davidson-Platz, einem halben Pferd gleich. Liebe Leser, auch ein halbes Pferd kann stehen; denn die andere Hälfte hat ein anderer Irrer, und mit gutem Klebestoff bekommt man das bestens hin.

Die vielen, nicht zählbaren Stofftiere fielen dem Spieldrang der Hunde zum Opfer.

Na ja, und die Katze.

Ich liebe sie, sie bellt nicht, ist billig im Unterhalt und hat die Gabe, sich unsichtbar zu machen.

Vom Fluchen

Also mal ganz ehrlich, Fluchen ist etwas, das man eigentlich vermeiden sollte.

Aber auch ich fluche so vor mich hin. Im Gegensatz zu früher, als das Wort „Scheiße" der verbale Höhepunkt meines Fluchens war, habe ich mich über die Jahre weiterentwickelt. Ach, bist du jetzt etwa stolz auf dich, höre ich euch sagen. Nein stolz bin ich nicht. Oder doch? Meine verbale Wortwahl hat Formen angenommen, die echt genial sind.

Und wieder höre ich euren Aufschrei in meinem Kopf. Tommy, du bist Vater von drei Kindern, da musst du doch Vorbild sein!

Also, ich bin als Vater wirklich alles, angefangen vom Kumpel bis hin zur Hausfrau und Mutter. Nicht umsonst nennt meine Tochter mich väterliches Muttertier. Doch so viel ich als Vater auch bin, eins bin ich definitiv nicht, ein Vorbild. Will ich auch gar nicht. Ein Vorbild zu sein, ist verdammt anstrengend, und ich genieße es halt, träge und faul vor mich hin zu leben.

Trotzdem haben wir als Eltern immer versucht, das Fluchen bei den Kindern in Grenzen zu halten. Vermeiden kann man es nicht.

Da fällt mir doch so aus dem Nichts eine kleine Begebenheit ein, die ich euch noch kurz berichten möchte.

Mein älterer Sohn, so zirka fünf oder sechs Jahre alt, spielte in seinem Zimmer mit seiner Eisenbahn. Irgendetwas schien nicht so zu funktionieren, wie er es sich vorgestellt hat, und er brabbelte vor sich hin. Leider konnte ich nicht alles verstehen, aber einen Satz hörte ich deutlich heraus „So ein Käse! Scheiße darf ich ja nicht sagen."

Tja Freunde, auch Fluchen muss man lernen und man muss dabei flexibel sein.

Selbstbildnis

Also mal ganz ehrlich, wenn ich mich nackt im Spiegel betrachte, frage ich mich immer wieder, wie kann das bisschen Etwas eigentlich einen Schatten werfen?

Da kann sich die Sonne noch so sehr anstrengen. Doch ganz ehrlich, dass ich schmäler bin als eine Nudel, ist echt meine Schuld. Noch heute würde ich ohne Probleme den Geburtskanal durchqueren können.

Als meine Eltern mit dem Gedanken spielten, sich im Bett mal wieder zu paaren, saß ich im Himmel und wartete auf meinen Einsatz.

Und ich hatte über die Zeit verdammt Langeweile.

Ich weiß nicht genau, ob ich mal wieder unter Drogen stand oder einfach nur besoffen war oder ob ich, wie so oft, einfach nur einen Kopfhörer auf den Ohren hatte.

Bitte jetzt nicht lachen! Es gibt in der Wartehalle des Himmels ganz kleine Kopfhörer, die einem männlichen Samen auf die noch nicht vorhandenen Ohren passen. Ist echt so.

Über knapp 60 Jahre habe ich versucht, mir als Mensch eine Musikbibliothek aufzubauen. Hat nicht so ganz geklappt. Trotz meiner doch recht immensen Sammlung besitze ich nicht mal ein Tausendstel von dem, wovon ich träume.

Okay, wahrscheinlich hörte ich Songs, die auf dieser Erde noch nicht geschrieben sind.

Fakt ist jedenfalls, dass ich mal wieder abgelenkt war und wie immer nichts mitbekommen habe.

Als dann alle männlichen Samen ihren Job erhalten hatten, saß ich noch da, total benebelt und total neben der Spur.

Und dann ertönte eine Stimme: „Samen Nummer 03051961, warum haben Sie sich nicht gemeldet, als Sie aufgerufen wurden?“

„Sorry, habe Musik gehört."

Und dann wieder diese Stimme: „Nun ist nichts mehr da außer Luft. Aber ich frage mal beim Haustechniker nach, ob er irgendeinen Schrott hat, aus dem man etwas basteln kann"

Der Haustechniker hat sich echt Mühe gegeben. Er hat alle alten himmlischen Pläne aus seinen vielen Schubkästen auf den Tisch gelegt, saß stundenlang am PC, und dann endlich hatte er ein Modell entwickelt, total schmal, aber lebensfähig.

„Mehr geht leider nicht", sagte er etwas deprimiert.

Da die Zeit drängte, erklärte ich mich einverstanden, wollte ich doch aus dieser Wartehalle des Himmels raus und endlich mir bis dato fremden Menschen auf den Keks gehen.

Doch eine Bitte hatte dann doch noch.

Gibt es bei diesem verkorksten Modell einen Kopfhörer?

Er hatte noch einen.

Damit nahm alles seinen Lauf.

Befruchtung, Geburt, Schule, Job und all der Scheiß.

Aber den Kopfhörer habe ich noch, und nach wie vor bekomme ich nichts mit.

Die Handtasche

Also mal ganz ehrlich, ich kenne keine Frau, die das Haus ohne ihre Handtasche verlässt.

So manchmal fragte ich mich schon, ob die Handtasche ein Statussymbol ist. Frauen messen sich daran, sie schauen andere Frauen an und denken, eigentlich siehst du ja ganz gut aus, aber deine Handtasche, sorry total daneben.

Da ich auch eine Frau mein Eigen nenne, habe ich über Jahre versucht, diesem Phänomen auf den Grund zu gehen. Mann möchte ja seinen Partner auch verstehen, eigentlich das gesamte andere Geschlecht.

Ich finde dies sehr wichtig für eine Partnerschaft; denn Mann weiß, Frauen haben Macken. Wenn man aber weiß, warum sie gentechnisch diese Macken haben, kann Mann doch viel besser damit umgehen.

Meine Freundin hat verdammt viele Handtaschen. Ich habe mal versucht, sie zu zählen. Als ich merkte, es sind mehr als ich Finger habe, nahm ich einen Taschenrechner, allerdings kam ich damit auch nicht sehr weit; denn irgendwann stieg eine kleine Rauchwolke aus diesem Gerät, es hatte sich heiß gelaufen.

Also, sie besitzt sehr, sehr viele Handtaschen, benutzt aber immer nur dieselbe, obwohl sie für jedes Outfit, für jedes Paar Schuhe die passende Handtasche besitzt.

Etwas schüchtern und sehr zurückhaltend fragte ich sie mal, warum sie denn immer dieselbe Handtasche benutzt, obwohl sie doch so viele ihr Eigen nennt.

„Ach Schatz", sagte sie, „das verstehst du als Mann nicht. Wenn ich jeden Tag eine andere Handtasche benutzen würde, wäre ich doch nur noch damit beschäftigt, all den Inhalt umzupacken. Aber da ich mich ja auch noch um dich kümmern muss, habe ich leider keine Zeit dafür."

Dieser Satz von ihr hatte mich total irritiert. Das bisschen Inhalt von einer Handtasche in die andere zu räumen, kann doch nicht Stunden dauern. Obwohl ich ganz ehrlich sagen muss, ich hatte des Öfteren schon mal für kurze Momente ihre Handtasche in meinen Händen. Also ganz ehrlich, mit Hanteln über Stunden trainieren, ist echt total entspannend im Gegensatz zum Tragen einer Handtasche.

Dann eines Tages kam der Moment, wo ihre Handtasche sich dem Exodus näherte, das heißt, sie zerfiel durch Dauerbenutzung in ihre einzelnen Bestandteile.

Panik in den Augen meiner Freundin. Ihr Fluchen möchte ich nicht wörtlich wiedergeben, könnten ja Kinder an Bord sein.

Jetzt wurden alle Schränke und Regale durchforstet, nach einer neuen Handtasche. Dies hat Stunden gedauert. Ich möchte mal kurz erwähnen, dass ich an diesem Abend kein Abendessen bekomme habe; denn sie war viel zu sehr in sich selbst vertieft mit ihrer Suche nach dem sofortigen Ersatz ihres Lebensinhalts.

Irgendwann, nach gefühlten zehn Jahren, fand sie endlich ihren Handtaschenersatz.

„Endlich", sagte ich zu mir mit einem Blick auf die Uhr; denn die Nacht war schon zur Hälfte vorbei.

Nun wird der eine oder andere sich fragen, warum ich denn aufgeblieben bin, während sie ihr neues Statussymbol suchte. Ganz ehrlich, bei diesem Gepolter und lautstarkem Fluchen, bei all dem Lärm, den sie verursachte, hätte ich selbst total besoffen nicht schlafen können.

Nun erhob ich mich völlig übermüdet aus meinem Sessel mit dem festen Willen, wenigstens noch zwei Stunden Schlaf für mich zu ergattern. Doch jetzt kippte sie die verstorbene Handtasche aus, und ich war starr vor Schreck, was da alles zum Vorschein kam.

Unsere Kinder sind erwachsen, zum Teil bereits außer Haus, aber da kullerten aus dieser toten Handtasche fünf Windeln auf den Boden. Ungläubig sah ich ihr in die Augen.

„Hatte sie total vergessen", säuselte sie und schaute weg.

„Hallo Schatz, die Kinder sind erwachsen", sagte ich zu ihr.

„Na ja, die Handtasche hatte so viele verschiedene Fächer, da übersieht schon mal etwas", war ihre Antwort.

Dann lagen da zirka 250 Feuerzeuge. Jeden Tag ist sie am Mosern, dass ihre Feuerzeuge verschwunden sind. Nun, wenn eine gierige Handtasche alle Feuerzeuge verschluckt und nicht mehr hergibt, wundere ich mich auch nicht mehr darüber, dass ich täglich neue Feuerzeuge kaufen muss.

Was mich ganz ehrlich tief verletzt hat, die sterbende Handtasche spuckte Unmengen an Kugelschreiber aus. Gehörten alle mal mir, hatte sie über Jahre schon vermisst.

Meine Kugelschreiber sind mir echt wichtig und heilig; denn ein Kugelschreiber symbolisiert die Feder und die Feder symbolisiert die Dichtkunst. Da ich ja ansonsten mehr als untalentiert bin, ist die Dichtkunst doch alles, was mich ausmacht. Und da werden dir dann auch noch deine Kugelschreiber geklaut!

Doch trotz allem, was da auf dem Boden lag, von der verstorbenen Handtasche freigegeben, fragte ich mich, warum war diese Handtasche immer so verdammt schwer? Windeln, Feuerzeuge, Kugelschreiber und Schminkzeug haben doch kein Gewicht, nicht mal, wenn sie zu Hunderten in der Handtasche lagern.

Dann fiel mein Blick auf etwas, das ich bis dato nicht wahrgenommen hatte, da ich gedanklich noch immer mit meinen Kugelschreibern beschäftigt war.

Dieses Etwas, das ich urplötzlich entdeckt hatte, war ein Fünftausendseitiger Wälzer, den sie jeden Tag mit sich rumgeschleppt hat. Ich hob ihn auf und schaute auf den Einband. Mir blieb echt die Spucke weg.

Dieses Buch trug den Titel „Zehntausend Tipps zum Überleben, mit dem von der Natur benachteiligten Phänomen Mann".

Die Katze III

Also mal ganz ehrlich, diese Geschichte hat eigentlich mit der Katze nichts zu tun, obwohl ich mich nun doch schon manchmal wundere, wie viel Futter sie vertilgt.

Ich habe ja den Verdacht, dass es zwei Katzen sind, die identisch aussehen. Nach dem Fressen will sie immer gleich nach draußen, kein Problem, aber kurze Zeit später will sie wieder rein und hat schon wieder Hunger. Es kann doch nicht sein, dass ich mehr Geld für Katzenfutter ausgebe als für Bier!

Hier stimmt das Verhältnis nicht.

Dieser Frage gehe ich später auf den Grund, ich wollte doch eigentlich von etwas anderem berichten.

Nach all den Jahren der Stofftiere und der lebenden Tiere, von klein bis verdammt groß, hatte sich ja vieles von selbst erledigt.

Die Stofftiere fanden ihr Ende im Hundespieldrang, die kleinen Tiere starben auf einem ganz normalen Weg, ihre Zeit war einfach abgelaufen. So blieben uns die Katze, die drei Hunde und das Pferd.

Und dann verstarb das Pferd.

Meine Freundin war echt tapfer. Sie hat ihrem Pferd hinterher getrauert, aber mich damit nicht belästigt. Doch war sie sehr traurig.

Da ich als Mann ein totales Weichei bin, fragte ich mal nach: „Möchtest du ein neues Pferd?"

Strahlende Augen. „Ja, das wäre toll!"

Dann die typische weibliche Frage: „Stehst du denn auch dahinter?"

„Hallo, ich habe doch gerade gefragt, ob du es willst. Natürlich stehe ich dazu."

Nun ging es los. Internet lief auf Hochtouren, gleichzeitig die Suche nach einem geeignetem Stall. Auf Deutsch, Stress pur.

Und dann fand sie, was sie suchte, ein Fohlen, das beim Schlachter stand. Sofort hat sie sich mit der Vermittlerin in Verbindung gesetzt.

Meine Freundin rettet gerne Tiere. Soweit okay.

Pferd wurde vorm Schlachten gerettet. Einen Namen hatte ich auch, Happy Salami.

Doch jetzt passierte etwas ganz Eigenartiges.

Erstmal ganz von vorne zum besseren Verständnis. Bei der Suche nach einem geeignetem Stall war ich nie dabei. Dafür habe ich ja schließlich Kinder. Also dies hat vornehmlich mein Junior für mich übernommen.

Tja, und dann war da dieser Tag X, der mein Leben von Grund auf verändern sollte.

Manchmal kommt es in meinem Job vor, dass ich Samstag frei habe. Dies war der Tag X.

„Schatz", säuselte sie in meinem halb verkaterten Kopf beim morgendlichen Kaffeetanken: „Du weißt ja, dass ich dieses eine Fohlen haben möchte. Ich habe allerdings noch immer keinen geeigneten Stall gefunden. Aber da gibt es noch einen Stall, den ich mir anschauen möchte. Ich habe auch schon einen Termin für heute ausgemacht. Würdest du mich bitte begleiten?"

Shit Happens, freier Tag im Arsch.

Aber nicht nur das. Nachdem ich innerlich widerwillig zugestimmt habe, also nachdem ich mich selbst sagen hörte „Okay", kam es noch schlimmer.

„Schatzi", sagte sie dann, „würdest du dich bitte vernünftig anziehen".

Ich schaute sie an. „Wie bitte?"

„Na ja", säuselte sie, „ohne Kutte und Bandana!"

Ich verlasse das Haus nie ohne meine Kutte.

Sie fand dann einen Kompromiss für mich. Im Keller hatte ich noch einen alten Parka, den zog ich über die Kutte, und ein Basecap über das Bandana.

So fuhren wir dann los, fuhren und suchten, suchten und fuhren und fanden den Stall nach gefühlten 3 Tagen. Ja, jetzt passierte das erste mir nicht Erklärbare. Ich fühlte mich an diesem Ort irgendwie wohl. Ja, ich fühlte mich hier sogar heimisch, als wäre das alles schon immer ein Teil von mir gewesen.

Aber, es kam noch schlimmer! Die Stallbesitzer kamen total normal rüber, nicht so überheblich und dämlich wie all die anderen Stallbesitzer, die ich so über die Jahre kennengelernt habe.

So schauten wir uns gemeinsam die gesamte Anlage an. An den Augen meiner Freundin konnte ich lesen, dies ist es.

Dem Himmel sei Dank, das war es. Jetzt nach Hause, Musik hören und nach all dem Stress ein Bier.

Aber nein, jetzt verwickelte Pferdemama mich in ein Gespräch. Das war nicht wirklich gut für mich.

Ich möchte das Gespräch nur inhaltlich in Kurzform wiedergeben; denn mein Papiervorrat ist begrenzt. Sorry, ich bin Arbeitnehmer und somit wie alle anderen Leidensgenossen in diesem Land verarmt.

Zurück zum Thema. Das für mich so fatale Gespräch begann mit dem üblichen „Schön, dass ihr euch für uns entschieden habt, dann werden wir uns ja jetzt öfter sehen."

„Nein", war meine Antwort, „ich bin nur der Begleitschutz für die Frau da vorn. Ich werde hier nie wieder auftauchen. Ich bin kein Pferdemensch. Ich habe echt Schiss vor diesen großen Viechern."

„Na ja", sagte sie, „du bist halt Biker, aber du hast die perfekte Figur zum Reiten."

In mir explodierte die Hiroshima-Bombe.

„Ich bin kein Biker, ich bin Hard Rocker, und ich habe auch keine perfekte Figur für irgendetwas. Mich hat die Natur übersehen. Aneinander geklebte Spagetti sind noch lange kein Körper."

Und somit sollte die Geschichte enden, aber der Lauf des Lebens hält sich nicht an dies oder das.

Das Leben an sich ist ein geschlossener Kreislauf, solange du als Mann alleine lebst. Mit einer Frau an deiner Seite ist dieser Kreislauf nicht geschlossen, sondern offen in alle Richtungen. Tja, manchmal auch in eine Richtung, die du nie jemals für Realität gehalten hast.

Und an diesem Punkt geht die Geschichte weiter.

Das Pferd war vom Schlachter freigekauft, der Vertrag mit dem Stall war unter Dach und Fach. Das Pferd kam im Stall an.

Durch eine Fügung des Schicksals, die mir persönlich unverständlich ist, hatte ich an diesem Tag mal wieder frei. Also war auch ich dabei, ansonsten meine Freundin, mein Junior, meine Tochter und mein Schwiegersohn. Also fast die gesamte Familie.

Mit meinem Schwiegersohn hatte ich dann noch eine Diskussion wegen des Namens für das Pferd. Er bestand auf Happy BiFi, ich wollte aber Happy Salami. Wir haben uns beide gegen die Frauen nicht durchsetzen können. Okay, kann Mann mit leben.

Und dies ist das Ende der Geschichte.

Wäre alles normal verlaufen, wäre es auch so. Aber was ist schon normal?

Jetzt kommt der Teil, der mein Leben verändert hat. Wäre es doch nur um die Katze gegangen!

Wie wir bereits gelernt haben, bellt eine Katze nicht. Sie ist klein und kuschelig und keilt nicht aus.

Nachdem das Fohlen vor dem Schlachter gerettet worden war, ein neues Zuhause gefunden hatte und meine Freundin wieder glücklich war, sollte man doch meinen, alles ist gut. Aber nein.

Jetzt hatte sie sich in den Kopf gesetzt, noch mehr Fohlen vor dem Schlachter zu retten. Okay, ihr Hobby. Aber wenn die rechte Hand deiner Freundin keine Finger mehr hat, sondern aus einem Handy besteht, macht man sich doch schon mal Sorgen.

Nun gut, sie hat viele Fohlen vor dem Schlachter gerettet. Bin ich auch stolz darauf.

Von all diesen Fohlen hat sie mir immer Bilder gezeigt. Meine emotionalen Ausbrüche bestanden dann immer aus „Okay, hübsch, nett, ja, ja."

Dann war da aber ein Bild von einem Fohlen, wie soll ich sagen, ich hatte mich sofort in dieses kleine Baby verliebt.

„Es ist ganz doll wichtig, dass Du es vermittelst. Ich möchte nicht, dass es zu Salami verarbeitet wird".

Tja, dann erfuhr ich leider, dass niemand diese hübsche Tier haben wollte und der Schlachter das Messer bereits wetzte.

„Nein!", brüllte ich des Nachts bei meiner Pippi-Zigarette. „Ich will nicht, dass es geschlachtet wird. Ich mag es doch."

„Was willst du denn tun?", fragte sie mich. Ich schaute in mein bereits geleertes Glas und hörte mich sagen: „Dann kaufe ich es".

„Tommy!", sagte sie, „du hast doch Angst vor Pferden. Bist du dir sicher?"

„Nein, bin ich nicht, aber dieses Kind darf nicht sterben für die dicken Bäuche der Restaurant-Junkies und Möchtegern-Delikatessen-Wichser."

Mit einem scheiß Gefühl verkroch ich mich wieder in mein Bett, konnte aber nicht wirklich schlafen, da ich immer das Bild von diesem Fohlen im Kopf hatte.

Am nächsten Morgen rief ich per Phone meinen persönlichen Ratgeber an. Meine Tochter.

„Okay, Papi". sagte sie, „ich verstehe dich, aber wenn du es vom Schlachter freikaufst, hast du auch eine Verantwortung. Dazu musst du stehen! Wenn du bereit bist, die Verantwortung zu übernehmen, stehe ich zu dir und helfe Dir."

Und so geschah es.

Meine Freundin und ich zählten unsere Taler und bezahlten den Schlachter.

Tja, und nun besitze ich ein Pferd, nie gewollt und doch passiert.

Wäre es doch nur um die Katze gegangen. Eine Katze bellt nicht, ist klein und kuschelig und keilt nicht aus.

Ohne Frühstück

Also mal ganz ehrlich, ich mag keine Krankenhäuser, obwohl sie natürlich sehr wichtig sind für all die kranken Menschen. Auch ich musste leider schon einige Tage und Nächte im Krankenhaus verbringen. Aber ich mag Krankenhäuser trotzdem nicht, schon deswegen, weil das Essen ist nicht gerade ein kulinarischer Genuss ist. Obwohl, die eine oder andere Krankenschwester wäre dann doch schon mal eine kleine Sünde wert. Wahrscheinlich, weil man verloren und verlassen in einem Einmannbett liegt. Ist Mann ja seit der Kindheit nicht mehr gewohnt. Ich habe auch immer Angst, aus diesem doch recht schmalen Bett zu fallen; denn ich bin ein überdimensionales Ehebett gewohnt. Braucht Mann ja auch für die Spielabende.

Nun, ich mag Krankenhäuser nicht, trotzdem bin ich dort Dauergast. Liebe Leser, jetzt bitte nicht erschrecken und zu Spenden aufrufen, nein, ich bin gesund und trotz meines doch recht fortgeschrittenen Alters noch recht fit.

Aber ich habe drei Kinder und eine Partnerin, und da sie alle recht tollpatschig durch ihr Leben wandeln, bleibt bei einigen Verletzungen nur der nächtliche Besuch in der Notaufnahme übrig. Zu meinem engeren Freundeskreis gehören mittlerweile einige Ärzte, was ja auch logisch ist. Wenn man sich alle vierzehn Tage in der Notaufnahme sieht, entstehen dann doch schon freundschaftliche Verhältnisse.

Worüber ich mich aber besonders freue, von einem Krankenhaus, welches wir in den letzten Monaten sehr oft besucht hatten, bekam ich nun eine Bonuskarte. Nach zehn Stempeln auf dieser Bonuskarte bekomme ich eine kostenlose Übernachtung geschenkt, allerdings ohne Frühstück. Ich freue mich trotzdem darüber, denn demnächst hat meine Frau Geburtstag. Da habe ich doch schon mal ein nettes Geschenk für sie.

Falsch verkabelt

Also mal ganz ehrlich, wenn ich so über die verflossenen Jahre nachdenke, habe ich doch eigentlich nichts erreicht, außer täglich malochen gehen, was über die Jahre doch recht langweilig und ziemlich beschissen ist.

All meine Träume zerplatzen wie Seifenblasen; denn wie wir alle wissen oder doch wissen sollten, wenn ihr bis hier aufmerksam gelesen habt, dass meine Welt als Musiker im Untalentiert endete, meine Mühen als Schauspieler nicht reichten, da blasse Charaktere nicht sonderlich beliebt sind, nun ja, als Pornogott war ich eben zu verklemmt. So blieb für mich nur noch das langweilige Leben eines normalen Bürgers.

Nach der Geburt und den ersten Erfolgen in Sprache und Laufen lernen, dann das langweilige Dahinvegetieren in all den sinnlosen Schuljahrhunderten.

Zwischen Schulwahnsinn und irgendwann mal Ausbildung und Job, begattet Mann all die Mädchen der Nachbarschaft. An irgendeiner bleibt man dann hängen.

Nun auch hier der Wahnsinn der westlichen Welt. Heiraten, Auto, Haus, Garten, Kinder, Haustiere.

Dann Scheidung, also mal wieder Mädels aus der Nachbarschaft.

„Meine Güte, Tommy", höre ich da in meinem Innern, „darüber hast du doch schon so oft berichtet. Fällt dir denn nichts Neues ein?"

Sorry Freunde, natürlich habe ich Neues zu berichten, aber mir fehlte halt die Einleitung und so griff ich auf bereits Abgedroschenes zurück.

Wie jeder weiß oder doch wissen sollte, wenn er seine Hausaufgaben mit ehrlicher Hingabe gemacht hat, gab es in meinem nicht berühmten Leben einen Tag der Veränderung. Ob dieser

Tag positiv oder eher nicht positiv war, entscheide ich später auf der Bahre.

Nein, ganz ehrlich, dieser Tag war positiv, vom Anbeginn der Zeit bis heute.

Ich liebe meine Patchworkfamilie. Vor allem liebe ich meine Kinder. Für meine Frau und all die vielen Haustiere, von klein bis groß, habe ich, wenn ich gutgelaunt bin, auch positive Gefühle übrig.

Aber meine Kinder sind mein Heiligtum und gerne verzichte ich auf Ruhm. Ich persönlich glaube, dass meine Kinder das Beste sind, was ich je erschaffen habe.

Als ich selbst noch ein Kind war – ja liebe Freunde, auch ich war einmal Kind, gefühlte Fünfhundert Jahre her – ‚also als ich noch ein Kind war, hörte ich wie meine Oma zu meiner Mutter sagte, als sie von uns Gören total gestresst war: „Glaube mir, mein Kind, wenn sie erwachsen sind, wirst du dich nur noch an die schönen Erlebnisse erinnern."

Als ich dann aus mir nicht erklärbaren Gründen Vater wurde und somit ständigem Gekreische und endlosen Stress ausgesetzt war, tröstete meine Mutter mich mit der derselben Aussage ihrer Mutter.

Und es stimmt wirklich, all der Stress aus den Jahren mit den Kindern verblasst, wenn sie dann endlich ausziehen.

Also, ich habe schon so einiges vergessen und manchmal, wenn wir so zusammensitzen, erinnern mich meine Kinder an so manches, was mich früher nervte. Heute lache ich nur noch über all den Mist, den sie so veranstaltet haben.

Nun ja, letzte Woche saßen wir mal wieder alle beisammen; denn wir waren zu einem Geburtstag eingeladen, und so musste ich unfreiwillig meine Burg verlassen. Eine Geburtstagseinladung ist ein gemütliches Zusammensitzen von gefühlten zweihundert Leuten, nie gesehen, aber alle mit dir befreundet oder verwandt. Da sitzt du also, lächelst deinem Gegenüber zu und freust dich innerlich auf das Ende des Abends.

Doch es kam noch schlimmer; denn so aus Nichts entstand eine Konversation zwischen meiner Tochter und meiner Partnerin. Gespräche zwischen Frauen können harmlos verlaufen oder einen neuen Krieg verursachen.

Nach einem sinnlosen Dahingequatsche, was bei Frauen ja wie ein Vorspiel ist, wurde nun scharf geschossen. Meine Partnerin begann nun meiner Tochter all die Schandtaten ihrer Kindheit aufzuzählen. Mit der Zielsicherheit eines Scharfschützen formulierte sie ihre Sätze.

Hilflos und verloren schaute mich meine Tochter an und sagte: „Papa, du hast doch mal gesagt, dass alles Negative von den Eltern über die Jahre vergessen wird und nur das Positive in Erinnerung bleibt.“

Ich nahm sie in den Arm und flüsterte in ihr Oh: „Bei normalen Menschen ist das auch so, mein Schatz, aber bei deiner Mutter sind die Verbindungen im Gehirn irgendwie falsch verkabelt. Also, bitte, sei ihr nicht böse!“

Das Wesentliche

Also mal ganz ehrlich, nachdem meine Partnerin ihr Pferd vor dem Schlachter gerettet hatte, dann anfing weitere Fohlen vor dem Schlachter zu retten und, wie wir ja wissen, ich nun auch ein Fohlen besitze, das wir dem Schlachtermesser entrissen haben, hatte ich gehofft, dass mein armseliges Leben nun ruhiger verlaufen würde.

Aber nein, es wurde noch stressiger, manchmal sogar mehr als unerträglich. Dies liegt nicht an unseren Pferden. Die sind total lieb. Meistens.

Meine Tochter hatte da schon mal ein Erlebnis, das recht schmerzlich war und einen großen blauen Fleck zurücklies. Nun ja Pferde keilen auch mal aus.

Wie wir bereits wissen oder doch wissen sollten, eine Katze keilt nicht aus.

Nun, der Stress, den euer Erzähler erleiden muss, hat eine andere Realität. Und die ist weiblich.

Seit einem Jahr rettet meine bessere Hälfte jetzt schon Fohlen. Was ganz klein anfing, ist nun zu einem Großunternehmen ausgeartet. Sie schreibt und telefoniert mittlerweile mit fünf Ländern.

Das Schreiben ist ja noch okay, aber dieses Telefonieren!

Meine Allerliebste telefoniert über die Freisprechanlage, das heißt, dass ich nicht nur ihr Gelaber ertragen muss, sondern auch das des anderen Teilnehmers. Und das in Sprachen und Dialekten, die mir bis dato fremd waren. Obwohl ich doch eigentlich an fremde Sprachen in diesem Land gewöhnt sein sollte.

Ganz kurz für all die Leser, die neu eingestiegen sind und mich und mein Leben noch nicht so gut kennen wie meine Hard-Core-Fans:

Ich besitze keinen Führerschein und nein, ich habe ihn nicht an die Behörden wegen Alkohols am Steuer verloren. Ich habe nie einen Führerschein gemacht. Ich führe mich halt selbst ohne staatliche Zulassung. So fahre ich also täglich mit den öffentlichen Verkehrsmitteln.

Na ja, ganz ehrlich, wenn ich im Urlaub bin, höre ich mehr Menschen deutsch sprechen als wie in der Berliner U-Bahn.

Nun bin mal wieder total vom Thema abgekommen, aber, liebe Leser, das kennt ihr ja schon von mir.

Also meine Perle rettet Fohlen vor dem Schlachter. Ganz ehrlich, ich finde das echt toll, auch wenn mir all die fremden Sprachen und Dialekte fürchterlich auf den Keks gehen.

Ja, ich bewundere ihre Hingabe, mit der sie für die armen Fohlen kämpft. Würde sie sich für Rinder oder Schweine oder Hühner engagieren, wäre ich genauso stolz auf sie.

Also, nicht, dass ihr jetzt denkt, ich wäre Vegetarier! Zum Vegetarier bin ich nicht geboren, und ein veganes Leben würde mich töten. Ich brauche mein Fleisch mit Kartoffeln und Soße. Nudeln, Reis und all das andere, wie zum Beispiel Gemüse, vielleicht später, wenn mir die Zähne ausgefallen sind.

Ganz nebenbei erwähnt, habe ich letztens gelesen, dass die beiden großen Burger Unternehmen einen Burger kreiert haben mit einer Boulette, die nicht aus Fleisch besteht. Freunde, das ist doch Betrug, das ist wie Sex mit sich selbst, ganz nett, doch trotz des angenehmen Gefühls fehlt das Wesentliche.

Nun bin ich schon wieder vom Thema abgekommen, ist diesmal aber wirklich nicht meine Schuld.

Ich wollte den Anfang dieser Geschichte meiner Herzallerliebsten vorlesen. Ich brauche nun mal ihre Bestätigung. Aber was macht sie? Sie verschleißt ihr Handy über Stunden.

Nun ja, sagte ich zu mir, wenn sie am Phone hängt, kannst du ja schon mal das Abendessen vorbereiten. Nachdem das Essen im Ofen war, ich die Fenster geputzt hatte, die Gardinen gewaschen waren, das gesamte Haus geputzt war inklusive Staubsaugen, telefonierte sie noch immer. Um es kurz zu machen, ich genoss das Abendessen allein in der Küche.

Nach meinem gemütlichen Abendessen nur mit mir selbst, sprach sie mich endlich an. Hoffnung keimte in mir auf, aber nein, sie bat mich um eine Powerbank, da ihr Akku aufgebraucht war.

An der Stimme aus dem Handy hörte ich heraus, dass sie noch immer mit derselben Person redete wie schon vor weiß ich wie vielen Stunden.

Nachdem mein doch recht immenser Biervorrat aufgebracht war, die Küche durch meinen Tabakgenuss nur noch eine Räucherhöhle war, beschloss ich dann für mich, dass es Zeit wäre, dem Bett einen Sinn zu geben.

So legte ich mich schlafen ohne einen Gutenachtkuss, aber mit dem Gefühl, eigentlich alleine zu leben.

Ich weiß echt nicht mehr, was ich so geträumt habe, wahrscheinlich von einer besseren Welt, so ohne Handy und redebedürftigen Mitmenschen.

Am nächsten Morgen wurde ich liebevoll mit einem Kaffee geweckt. Ich freute mich sehr, dass sie sich noch an mich erinnern konnte.

Nur die fünf aufgebrauchten Powerbanks auf dem Couchtisch haben dann doch Angstgefühle in mir geweckt.

Mein Leben in einem Stall

Also mal ganz ehrlich, seitdem wir uns die Pferde angeschafft haben, bin ich doch recht häufig im Stall, also für meine Verhältnisse.

Auch die Stallbesitzerin ist recht begeistert. Ich weiß es, da ich neulich die Möglichkeit hatte, ein Gespräch meiner besseren Hälfte und der Stellbesitzerin zu belauschen.

„Also wirklich", sagte sie zu ihr, „er ist richtig pflegeleicht. Hätte ich mehr seiner Art, wäre mein Job so viel einfacher. Er hat sich auch so schnell eingelebt. Er frisst auch nicht übermäßig, nun gut der Flüssigkeitsbedarf ist recht hoch, na ja das ist bei den Männchen dieser Rasse halt so."

Nun gut, eigentlich fühle ich mich ja auch recht wohl, obwohl es nachts in der Box doch recht kühl ist. Auch das Internet ist ziemlich instabil. Aber ich wärme mich immer an den Gedanken an den nächsten Tag. Da darf ich dann aufs Paddock.
Dass ich am Strick geführt werde, stört mich nicht; denn dies bin ich ja seit Jahrzehnten gewohnt. Am anderen Ende des Strickes war immer ein Chef oder eine Frau, halt ein Trottel.

Das Longieren finde ich zwar total langweilig, dieses sinnlose im Kreis Schritt laufen. Aber man sagte mir, es fördere meine Disziplin und meine Muskeln in den Beinen sowie im Rückenbereich; denn seit einiger Zeit habe ich aufgrund meines Alters enorme Probleme im Rückenbereich. Na ja, und irgendwann, wenn ich soweit bin, soll ich dann eingeritten werden.

Ob ich dann für den Schulbedarf oder für private Zwecke missbraucht werde, entscheidet sich dann später, kommt halt darauf an, wie ich mich entwickle. Also privat wäre mir ehrlich schon lieber.

Aber auf dem Paddock ist es echt toll; denn dort stehe ich mit meinen Artgenossen zusammen und wir können ungestört plaudern. Außerdem gibt es in dieser Offenstallhaltung frisches Gras, und so dröhnen wir uns den ganzen Tag die Birne voll.

Der Handwerkergürtel

Also mal ganz ehrlich, ein Haus zu besitzen, ist für viele Menschen ein Traum.

Für mich nicht mehr; denn wir besitzen auf Wunsch meiner besseren Hälfte ein Haus, und ich armer Kerl wurde von einem einst gleichberechtigten Partner damit zum Hausmeister degradiert. Täglich verlangt sie von mir, mich um all die technischen sowie handwerklichen Dinge zu kümmern, und das spät abends nach meinem Job in der Firma.

Das einzige, was ich an einem freistehenden Haus genieße, ist, dass ich keine bekloppten Nachbarn mehr habe, die sich darüber sinnlos aufregen, dass sie kostenlos Heavy Metal hören.

Ansonsten ist ein Haus nur Arbeit und Stress. Und dann noch der Garten! Noch mehr Arbeit.

Also, ich hatte vorgeschlagen, alle Pflanzen und Bäume abzufackeln, dann die freie Fläche zu betonieren, grün anzustreichen und ein paar Topfpflanzen draufzustellen. Durfte ich aber nicht.

Nun muss ich Rasen mähen und all so einen Scheiß. Und dann noch das Unkraut! Also ich kenne mich da nicht aus, für mich ist alles grün und somit eine Pflanze. Aber nein, es gibt da Unterschiede. Ich habe diese nie begriffen, werde ich auch nie begreifen.

Nun, nach den vielen Jahren als Hausbesitzer, nein eigentlich als Sklave des Hauses, hatte ich das Gefühl, immer mehr zu schrumpfen, bis ich erschreckend feststellte, dass ich nicht geschrumpft bin, sondern total gebückt laufe.

Hatte doch diese Hütte ihren Erfolg in dem Kampf um die Herrschaft des Seins für sich entschieden. Auch meine Sklaventreiberin verfolgte nun schon mit besorgten Blicken meinen körperlichen Verfall; denn ihre Wünsche waren noch lange nicht erledigt. Und so versuchte sie mich immer wieder mental aufzubauen.

Zuerst versuchte sie es mit lieben Worten und Sätzen. Hatte aber nur kurzfristig funktioniert. Dann wollte sie meine Motivation und meine körperlichen Kräfte durch lautstarke böse Worte wieder erwecken. Das hat selbstverständlich gar nicht funktioniert; denn ich habe einfach nur abgeschaltet.

So lief das alles über Jahre zwischen „ich muss, ich soll" und „leck mich am Arsch".

Dann eines Tages, als ich total fertig und geschafft von der Firma heimkam, nichts Böses ahnend, sagte sie mir, dass sie ein Geschenk für mich hat. Es war nicht Weihnachten oder Geburtstag oder sonst so ein Ichschenkdirwas-Tag. Dementsprechend war ich erst mal etwas zurückhaltend.

„Es ist ganz lieb von dir, Schatz, dass du ein Geschenk für mich hast, aber können wir erst mal essen, ich habe verdammt viel Hunger", sagte ich zu ihr.

Sie hat sofort zugestimmt, was mich doch etwas wunderte; denn sie versucht sonst ihre Wünsche und Gedanken sofort umzusetzen oder, um es genau zu formulieren, umsetzen zu lassen. Und zwar von mir.

Nach einem sehr leckeren Essen mit vereinzelten Zärtlichkeiten kam sie dann wieder auf ihr Geschenk zu sprechen. Da ich nach dieser entspannten Nahrungsaufnahme für alles offen war, ließ ich sie gewähren. Ganz stolz überreichte sie mir mein Geschenk. Ich war schockiert. „Was bitte, mein Schatz, soll ich mit einem Handwerkergürtel? Ich bin Dichter und kein Haus- und Reparaturtrottel!"

„Tommy, leg ihn doch einfach nur mal an! Wenn er dir dann nicht gefällt, tausche ich ihn um. Versprochen!"

Ich schaute mir diesen Handwerkergürtel genauer an und bekam es mit der Angst zu tun. Er sah verdammt schwer aus. Und das bei meiner doch mittlerweile von Haus und Garten geschwächten körperlichen Verfassung! Trotz alledem legte ich mir diesen Handwerkergürtel um die Hüften. Und plötzlich fühlte ich mich wieder jung und gebrauchsfähig, obwohl so vieles an diesem Handwerkergürtel hing. Also ein Hammer, eine Zange, eine Bohrmaschine, eine aufblasbare Tischkreissäge und noch so vieles mehr. Eigentlich hätte ich bei diesem Gewicht sofort zu Boden gehen müssen, aber nein, plötzlich fühlte ich mich stark und sofort zog es mich nach draußen, trotz der späten Stunde. Ich hatte das Gefühl, etwas schaffen zu müssen. Im Spiegel sah ich mich gleichsam als das Abbild eines Bodybuilders.

Über Monate knüppelte ich, ohne mich zu beklagen oder kaputt und müde zu sein. Ich verstand mich selbst nicht mehr. Dann, eines Tages, blinkte ein kleines Lämpchen an meinem Handwerkergürtel. „Schatz, dein Geschenk blinkt", sagte ich zu meiner Gebieterin.

„Das ist kein Problem", sagte sie zu mir, „wird halt die Batterie alle sein. Habe aber in weiser Voraussicht gleich fünf Päckchen Batterien auf Vorrat gekauft."

Irgendwie kamen mir da so meine Bedenken. Ein Gürtel mit Batterien? Ich schaute mir den Gürtel genauer an, konnte aber nichts Verdächtiges finden. So ließ ich den Dingen ihren Lauf. Immer wenn der Gürtel blinkte, gab ich artig meiner Chefin Bescheid und sie wechselte die Batterie.

Neulich beim Durchsehen einiger seit Jahren aufgelaufener Schreiben, Rechnungen und so einigem anderen Mist, fand ich etwas, das mich stutzig machte. Eine Rechnung für einen mir nicht bekannten Gegenstand.

Sofort fragte ich meine Herrin, was sie denn gekauft hätte, was sich so immens negativ auf das Haushaltskonto auswirke. Erst hat sie versucht verbal ausweichen, druckste so vor hin, bis sie merkte, dass dies alles nichts half, und endlich flüsterte sie: „Der Handwerkergürtel war so teuer."

„Wie bitte?", fragte ich sie ungläubig. „Ein Gürtel für eine vierstellige Summe! Sind da echte Goldfäden eingearbeitet, die ich bis jetzt übersehen habe?"

„Nein", flüsterte sie, „die eingebaute Technik hat so viel Geld gekostet."

Ich griff mir den Gürtel und untersuchte ihn erneut. Zuerst konnte ich einfach nichts finden. Aber da musste ja etwas sein! Hatte sie nicht eben von eingebauter Technik gesprochen? Nach Stunden fand ich dann endlich etwas, ein ganz kleines Geheimfach. Vorsichtig öffnete ich es. Nun war ich genauso ratlos wie schon vorher. In diesem Geheimfach war ein Chip eingearbeitet. Nach stundenlangem Suchen im Internet fand ich dann endlich eine Beschreibung des Handwerkergürtels. Nachdem ich mir die Beschreibung aus dem Chinesischen ins Englische und dann ins Deutsche übersetzt hatte, las ich all die vielen Seiten durch.

Ganz langsam, aber schockiert dämmerte mir, wie der Handwerkergürtel funktioniert.

Der Chip, im Rückenbereich des Gürtels montiert, setzt sich beim Anlegen, also durch Körperkontakt mit der Wirbelsäule in Verbindung und übernimmt die Kontrolle über das Nervensystem. Der Chip übermittelt Befehle über die Wirbelsäule an das Gehirn. Alle Befehle in diesem Chip sind so programmiert, dass der Träger des Gürtels arbeitstechnisch total ausgenutzt werden kann, ohne dass er es merkt und irgendwelche Ermüdungserscheinungen wahrnimmt. Nun verstand ich auch den ständigen Batteriewechsel.

Erst wollte ich den Gürtel entsorgen, doch dann hatte ich eine bessere Idee. Nun trägt meine Gebieterin diesen mir unentbehrlichen Handwerkergürtel jeden Tag und sie ist immer total fit und gut drauf.

Der Fohlenkindergarten

Also mal ganz ehrlich, heute früh beim Kaffeetanken hatte mein Schatz kein Handy in der Hand. Es lag nicht mal in greifbarer Nähe.

Eine Schockwelle breitete sich in mir aus, dann formte sich die Frage in meinem Kopf, hat meine Liebste sich über Nacht verändert? Ist sie dir vielleicht in relativ kurzer Zeit fremd geworden?

„Wir müssen mal reden", sagte sie dann. Mich beschlich eine beängstige Hoffnungslosigkeit.

Trotz meiner ziemlich beschissenen Gefühlslage versuchte ich nach außen positiv rüberzukommen. „Worum geht es denn, Schatz?", fragte ich sie. Das Zittern in meiner Stimme konnte ich in Grenzen halten.

„Du weißt doch, Tommy, dass ich in Österreich einen Bekannten habe. Gemeinsam retten wir ja nun schon über einige Zeit Fohlen und er war mir bis jetzt immer eine große Hilfe und nun ..."

„Moment mal!", platzte es aus mir heraus. „Willst du jetzt nach Österreich ziehen?"

„Nein, aber schön, dass du mal eine Gefühlsregung zeigst in deinem sonst so sturen Dasein!"

„Um was geht es denn dann?", fragte ich mit einer jetzt doch etwas schrofferen Stimme; denn nachdem mein Angstgefühl das Weite gesucht hatte, war ich wieder ich selbst.

„Nun ja, mein Bekannter und ich haben beschlossen, einen Fohlenkindergarten zu eröffnen."

„Was für einen Scheiß wollt ihr eröffnen?"

„Einen Fohlenkindergarten", gab sie mir zu verstehen und schaute sehnsüchtig auf die Stelle, wo sonst ihr Handy geparkt ist.

„Was bitte soll ich mir unter einem Fohlenkindergarten vorstellen? Werden da die Fohlen auf die Schule vorbereitet, lernen schon mal das kleine ABC und an den Hufen bis zehn zählen?"

„Also echt, Tommy, du bist total dämlich. Hast du dein Gehirn heute Morgen im Bett vergessen? Also, ich versuche es dir mal zu erklären. Wenn wir ein Fohlen vermittelt haben, aber der neue Besitzer noch keinen geeigneten Stall gefunden hat, wird es zu meinem Bekannten gebracht. Er kümmert sich dann so lange um das Tier, bis der neue Besitzer alles geregelt hat."

„Okay, habe ich auch ohne Gehirn verstanden. Aber ganz ehrlich, mittlerweile hast du echt eine Macke mit deinen Rettungsaktionen."

Dies war der falsche Satz an einem falschen Ort; denn jetzt erhob sie sich. Ich schaute sie liebevoll an in der Hoffnung, dass sie endlich den zweiten Kaffee für mich zubereiten würde.

Aber nein, sie stand vor mir, starrte mir in die Augen und fühlte den Raum mit den Worten: „Ich habe also eine Macke? Ich glaube eher, die Macke hast du. Schau dich doch mal an! Du bist ein frei laufendes Bilderbuch mit all deinen Tattoos!"

Nun war es an mir beleidigt zu sein und so zog ich mich für einen Augenblick in mich selbst zurück, um mir meine Verteidigung und den sofortigen Gegenangriff zu überlegen.

Doch so weit kam ich nicht; denn nach ihrem Gefühlsausbruch, den sie sofort bereute, da sie ja eine gute Frau ist, lag sie in meinen tätowierten Armen.

Nun, jetzt unterstütze ich meine Mutter Teresa der Tierwelt dabei, Fohlen, die vor dem Schlachter gerettet werden sollen, aber noch kein neues Zuhause haben, in einem Fohlenkindergarten zwischenzuparken. Aber ich erkämpfe mir weiterhin Termine fürs Tattoo Studio.

Ohne Gutenachtkuss

Also mal ganz ehrlich, nachdem ich innerlich für mich beschlossen hatte, das dieses Büchlein fertig geschrieben ist und mich total entspannt in meinem Dichterstuhl zurückgelehnt hatte, all den Stress gedanklich entflohen war und nur so vor mich hin vegetierte, hatte ich die Idee, da es vier Wochen vor Weihnachten war, einige Bändchen zu drucken und zu binden, um sie dann der Familie und guten Freunden unter den Christbaum zu legen.

Von meiner Idee total begeistert, teilte ich dies sofort meiner treuesten Zuhörerin mit. Ich hatte echt Glück; denn sie verschwendete ihre Zeit mal gerade nicht am Handy.

„Tommy", sagte sie zu mir, „du willst doch nur, dass ich innerhalb der Familie und unseres Freundeskreises als totale Chaotin dastehe. So schlimm wie du mich beschreibst, bin ich doch gar nicht."

„Mein Engel", antwortete ich ihr. „Ich habe weder das schriftstellerische Talent noch die richtigen Worte, um dich so zu beschreiben, wie du wirklich bist, denn das Wort Chaotin drückt bei langem nicht aus, wie du unser gemeinsames Leben beeinflusst. Ich glaube, das Wort Chaotin umschreibt dich eigentlich noch sehr positiv."

Heute Abend bin ich ohne Gutenachtkuss ins Bett gegangen.

Ich hoffe, morgen ist sie mir wieder gutgesinnt.

Ende Teil I

Also mal ganz ehrlich, obwohl ich gestern Abend keinen Gutenachtkuss bekam oder vielleicht deswegen, habe ich es doch endlich geschafft, mein zweites Büchlein mit sinnlosen, kleinen Geschichten zu vollenden.

Okay, über zehn Jahre habe ich für das zweite Bändchen gebraucht. Für mein erstes Büchlein benötigte ich allerdings nur vier Monate. Nun ja, damals lebte ich alleine.

Als ich dieses zweite Bändchen zu schreiben begann, lebte ich bereits einige Tage mit meiner jetzigen Frau zusammen.

Am Anfang einer neuen Beziehung verbringt man sehr viel Zeit, um sich geistig und körperlich besser kennenzulernen.

Gerade das Körperliche nahm sehr viel Zeit in Anspruch. Dann wurde mir ja auch noch die Rolle des Tierpflegers aufgedrängt. Und das alles neben meinem Job in der Firma, nebenbei noch Vater von drei Kindern und Partner einer lieben, aber verdammt anstrengenden Frau. Ich habe die letzten Jahre dennoch ohne größere Schäden überlebt.

Doch so sehr mich meine Liebste, die Kinder und die Tiere geplagt haben, mich immer in Dauerstress versetzten, waren sie mir auch stets Inspiration.

Allerdings bei so manchen schrägen Erlebnissen mit der Familie brauchte ich einige Zeit dies zu verdauen. Monate oder auch Jahre später konnte ich dann erst das Erlebte recht entspannt in eine kleine Geschichte verwandeln. Daher brauchte ich wohl auch so lange zum Beenden diese kleinen Bändchens.

Egal, mein zweites Büchlein ist nun endlich fertig, für Euch mit Hingabe und Liebe geschrieben.

So bleibt zum Schluss nur noch ein Kuss.

Old Tommy

Nachsatz

Also, mal ganz ehrlich,
Das Leben ist gefährlich.
Das Leben ist ein Karneval,
Lieben, lachen überall.

Der Tod, er ist ein Edelmann,
Zieht auch dich in seinen Bann.
Sterben liebt Alltäglichkeit.
Mache dich schon jetzt bereit!

Also, mal ganz ehrlich,
Der Tod ist sehr gefährlich,
Raubt einem einfach das Leben …

Teil II

Was ich euch noch nicht mitgeteilt habe

Nach dem Ende ist vor dem Ende

Was ich euch noch nicht mitgeteilt habe, ich hatte es nun doch geschafft, meinen zweiten Band zu beenden, nach über zehn Jahren.

Sehr zufrieden mit mir selbst räkelte ich mich entspannt in meinem Dichterstuhl und machte mir so meine Gedanken über das Rentnerdasein eines Dichters. In mir bereitete sich ein Gefühl von Freiheit aus, allerdings auch ein Gefühl von einer mir bisher nicht bekannten Leere.

Nicht mehr zu schreiben, ist wie nicht mehr zu atmen. Und so sammelte ich alle meine bis dato verlorenen Kugelschreiber ein, stapelte Blöcke Papier auf meinem zu kleinem Schreibtisch und fuhr den PC hoch. „ Moment mal!", flüstert mein Ich. „Kugelschreiber und Papier und PC, was soll denn das schon wieder? Entweder Papier und Kugelschreiber oder PC!" Nun ganz ehrlich, ich bin old school und das Papier und die Kugelschreiber sind für mich halt ein Symbol, geschrieben wird am PC.

Also nun endlich wieder schreiben. In mir wuchs das Hochgefühl in ungeahnte Ebenen. Vor ein paar Minuten noch kaputt und total leer im Kopf war ich jetzt nicht nur munter, sondern auch hochmotiviert, obwohl mir sehr klar war, neue Geschichten zu schreiben, bedeutet für mich zu wenig Schlaf und zu viel Bier. Trotzdem, die ersten Sätze wechselten aus meinem Gehirn auf den PC. Doch plötzlich, ganz ohne Vorwarnung, wurde ich brutal in die Realität zurückbeordert.

Mal wieder quatsche mich meine Frau im falschen Augenblick an. Also fuhr ich den PC wieder runter, schaute sehnsüchtig auf Papier und Kugelschreiber. Doch da ich noch nie aufgegeben habe, werde ich erneut versuchen, kleine Geschichten für euch, meine lieben, treuen Leser, zu schreiben.

Nur zwei Hände

Was ich euch noch nicht mitgeteilt habe, ich wurde als Krüppel geboren; denn ich habe leider nur zwei Hände.

Täglich leide ich unter meiner Behinderung; denn ich kann nicht sofort alle Wünsche meiner Frau gleichzeitig bewältigen.

Dies ist für mich ganz ehrlich eine große Belastung, besonders weil ich weiß, dass auch meine Frau sehr darunter leidet, dass ihre Wünsche nicht sofort erledigt werden. Nun haben sich auch noch die Tiere angewöhnt, mit all ihren Wünschen und Bedürfnissen sich an mich zu wenden, da meine Frau halt recht langsam reagiert, das heißt, wenn sie mal reagieren würde.

Wenn ich abends an meinem PC sitze, die Musik mich über meinen Kopfhörer umnebelt, Familienbilder den PC-Bildschirm verschönern, ich also total entspannt bin, ist ständig mein Bierglas leer. Ich weiß wirklich nicht, ob unsere Raumtemperatur so hoch ist, dass mein Bier verdunstet, oder ob alle meine Gläser kaputt sind. Jedenfalls ständig ist mein Bierglas leer. Also erhebe ich mich widerwillig, um in der Küche meinem Glas einen Sinn zu geben und es aufzufüllen.

Kaum bin ich in der Küche gelandet, höre ich aus dem Wohnzimmer: „Tommy, da du gerade in der Küche bist, könntest du ja mal bitte …" Und so weiter. Also bevor ich mein Bierglas auffüllen kann, muss ich erst mal ihre Wünsche erfüllen. Gut, sagt der eine oder andere, dann hast du dir dein Bier aber auch ehrlich verdient. Aber nein, nachdem ich die Wünsche meiner Frau befriedigt habe, sitzt die Katze vor mir, noch bevor ich das Glas auffüllen konnte, und macht auf sich aufmerksam. Sie hat mal wieder Hunger, wie schon den ganzen Tag.

Übrigens, ganz nebenbei erwähnt, habe ich festgestellt, dass wenn unsere Katze nach draußen will, sie ist Freigänger, also wenn sie nach draußen will, macht sie die gleichen Geräusche wie unser Telefon, wenn der Akku leer ist.

Doch zurück in die Küche zu meinem leeren Bierglas. Die Wünsche meiner Frau sind erfüllt, vorerst mal, die Katze hat gefressen und ist dank meiner Hilfe durch die Terrassentür unserem Haushalt entflohen, nun sollte es doch endlich möglich sein, mein leeres Bierglas zu füllen.

Aber nein, jetzt sind die Hunde der Meinung, dass auch sie nach draußen wollen. Die Katze ist doch auch schon geflüchtet. Nach einem Blick auf meine Uhr, stelle ich erschrocken fest, dass es mittlerweile Zeit ist, mit den Hunden zum gemeinschaftlichen Pippimachen nach draußen zu gehen, obwohl mein leeres Bierglas noch immer in der Küche steht und um Erfüllung fleht.

Ich selbst flehe innerlich darum, endlich Feierabend zu haben, um mein Bierglas endlich auffüllen zu können.

Wenn ich dann über Stunden alles erledigt habe, mein Bierglas endlich auffülle, höre ich die Stimme meiner Frau aus dem Wohnzimmer: „Tommy, warum brauchst du eigentlich so lange, um dir ein frisches Bier zu holen? Also ehrlich, du trödelst mal wieder. Man merkt nun doch so langsam, dass du älter wirst!"

Der Drucker und andere Missgeschicke

Was ich Euch noch nicht mitgeteilt habe, gerade ist mein neuer Drucker angekommen. „Mensch Tommy, das interessiert doch niemanden!", höre ich euch aufstöhnen. Ich weiß, dass dies niemanden interessiert, doch wenn eure Stimmen in meinem Kopf mich nicht ständig unterbrechen würden, könnte ich meinen Gedankengang zu Ende führen.

Also eben ist mein neuer Drucker angekommen. Dies ist für mich sehr wichtig; denn wie ich Euch vor einiger Zeit bereits mitgeteilt habe, ist mein zweites Buch mit ehrlichen, also total erlogenen Geschichten nun endlich zu Ende geschrieben. Auch teilte ich euch bereits mit, dass ich die Idee hatte, ein paar Exemplare zu drucken und zu binden, um sie dann Familie und Freunden unter den Christbaum zu legen. Nun ja, jetzt lief alles seinen Lauf, aber leider in eine völlig falsche Richtung.

Das ganze Chaos begann vor einigen Wochen. Ich war noch mitten in meinem dichterischen Dasein gefangen und so schrieb ich eine Geschichte nach der anderen, gleichzeitig las ich ältere Texte immer wieder Korrektur.

Einer guten Freundin hatte ich versprochen, ihr schon mal im Vorfeld einige Texte zum Lesen mitzubringen. Da ich aber in DIN A 5 Format arbeite, musste ich erst mal Druckerpapier schneiden. Kein Problem, dafür habe ich ein Schneidegerät. Also, die Stufen in den Keller runter. Ja, jetzt begann die Suche. Ich konnte das Schneidegerät einfach nicht finden. Meine Frau ist der Meinung, dass ich das Gerät vor langer Zeit irgendjemanden geborgt habe, kann mich aber nicht daran erinnern. Nun gut, ich konnte es einfach nicht finden, obwohl ich den Lageplan des Kellers mehrfach studiert hatte. Da ich aber streng organisiert bin, bestellte ich im Internet sofort ein neues Schneidegerät.

Ich kaufte das preiswerteste Gerät; denn im Hinterkopf war da immer noch der Gedanke, irgendwo im Keller schlummert dein anderes Gerät. Mittlerweile habe ich die Suche aufgegeben.

Drei Tage später kam das Schneidegerät an. Sofort entpackte ich das Teil und schnitt Massen an Papier. Dann schaltete ich den Drucker an, der PC war schon seit Stunden in Betrieb. Ich legte das Papier ein und begann zu drucken, das heißt, ich wollte beginnen, aber der Drucker reagierte nicht, obwohl alle Betriebslämpchen leuchteten. Nachdem ich alles versuchte, um den Drucker in Gang zu bringen, jede Möglichkeit am PC ausprobierte, das faule Ding wollte einfach nicht reagieren.

Ich bin bestimmt ein geduldiger Mensch, aber Weihnachten rückte immer näher und das Ducken und Binden braucht seine Zeit. Langsam, aber sicher, verlor sich mein Leckmicharsch-Gefühl. Ich riss den Stecker aus der Steckdose und schmiss das Gerät durch das geschlossene Fenster in den Garten. Liebe Freunde, ihr könnt euch gar nicht vorstellen, wie sauer meine Frau war. Außerdem wurde es langsam recht kühl im Wohnzimmer; denn wir hatten Minusgrade. Nachdem ich meinen innerlich aufgestauten Frust mit mentalen Übungen überwunden hatte und mittlerweile total durchgefroren war, ging ich zum Glaser, der zwei Häuser weiter seine Werkstatt hat. Da wir uns kennen, wenn auch nur flüchtig, baute er sofort eine neue Scheibe ein. Nebenbei bewunderte er die vielen Umbauten in unserem Haus; denn das Haus hatte er einst gebaut.

Nachdem das Wohnzimmer wieder eine Raumtemperatur erreicht hatte, wo man sich wohlfühlt, meine Frau sich wieder beruhigt hatte und mein Konto durch die Reparatur des Fensters ziemlich geschrumpft war, stellte ich erschrocken fest, dass ich keinen Drucker mehr habe.

Also mal wieder Internet, meinem Konto konnte ich noch gerade den Kaufpreis entreißen. Nun ja, heute ist mein neuer Drucker angekommen.

Die Nervensägen

Was ich Euch noch nicht mit geteilt habe, ich hatte immer gedacht und auch über viele Jahre gehofft, dass mein geplagtes Leben ruhiger wird, wenn die Kinder einmal ausgezogen sind.

Nun sind sie ausgezogen, also zwei davon, der Jüngste hat noch unsere Adresse im Ausweis stehen, auch noch ein Zimmer bei uns reserviert, aber wir sehen ihn nur sehr selten; denn er hat ein Zweitzimmer bei seiner Freundin. Also, seit die Kinder ausgezogen sind, habe ich das Gefühl, dass es immer unruhiger bei uns zu Hause wird. Meine Frau meint, dass es am Alter liegt, das heißt, dass die Nerven nicht mehr so stabil sind, aber das glaube ich nicht. Nein, ich glaube eher die Tiere sind schuld. Momentan drei Hunde und eine Katze, sowie zwei Pferde. Die Pferde leben jedoch nicht in unserem Haushalt. Obwohl, würden sie bei uns zu Hause leben, hätte ich endlich eine Übersicht über die Pferde. Offiziell sind es zwei, aber bei den vielen geretteten Fohlen, die meine Frau vermittelt hat, weiß ich nicht, ob auch alle Fohlen einen neuen Besitzer gefunden haben oder ob sie im Fohlenkindergarten gelandet sind und erst mal durch meine Frau oder andere Irre ihres Formats vorfinanziert wurden. Ja manchmal wundere ich mich schon darüber, dass sie mir aus dem Nichts einen Kasten Bier spendiert. Macht sie sonst eigentlich nicht. Dem muss ich später einmal auf den Grund gehen. Doch nun zurück zum Thema.

In meinem Zuhause sind nur noch vier Tiere von dem vor Jahren noch recht umfangreichen Zoo übriggeblieben. Nur noch vier?

Eigentlich würde doch auch eins reichen, aber die Entscheidung fällt schon sehr schwer, welche anderen drei man standrechtlich erschießen sollte. Außerdem ist meine Frau nicht nur dagegen, sie ist sogar brutal dagegen. Nie wieder werde ich dieses Thema anschneiden, obwohl ich jedem der Tiere Hunderte von Menschenrechtsverletzungen nachweisen könnte. Manchmal träume ich mich in die Zeit zurück, als die Kinder noch klein waren und ich sie problemlos in ihr Zimmer einsperren konnte. Ihr Gejammer ließ relativ schnell nach; denn sie entdeckten immer gleich das neue Spielzeug, das ich sichtbar versteckt hatte. Über Jahre stellte ich fest, dass diese, meine geniale Ruhebeschaffung doch sehr mein Konto belastete. Also habe ich einmal richtig investiert und für jedes Kinderzimmer einen Fernseher gekauft. Freunde, jetzt konnte ich in Ruhe lesen, Musik hören oder einfach mal nur nichts tun.

Dann nach Jahren der Ruhe und des weiteren Ruhebedürfnisses habe ich leider einen fatalen Fehler begangen. Ich kaufte für jedes Kind zu Weihnachten eine Spielkonsole. Das ging total in die Hose; denn obwohl jedes Kind seine eigene Spielkonsole besaß, tummelten sie sich jetzt alle drei im Zimmer des Großen. Sie wollten miteinander oder, um es genauer zu formulieren, gegeneinander spielen. Dies führte zu Verletzungen. Nicht, dass die Spielkonsole gefährlich war! Nein, ihre unterschiedlichen Meinungen, wer der wahre Sieger eines Spiels ist, wurden nicht mehr nur verbal ausgetragen. Nach kurzer Zeit waren wir Stammgast in der Notaufnahme. War für mich aber nicht weiter tragisch; denn die Entwicklung der Technik schenkte mir E-Book und MP3-Player. Allerdings bevorzugte ich über die Zeit den MP3-Player; denn beim Lesen bekam ich immer die Schmerzensschreie der Kinder mit, wenn Wunden gereinigt oder Knochen gerichtet wurden. Wie sehr sehne ich mich doch in diese Zeit der entspannen Ruhe zurück!

Mit den Tieren habe ich bis jetzt noch keine Erfolge in meiner perfekten Erziehung erzielt, obwohl ich bei den Kindern doch so einfallsreich war. Natürlich griff ich bei der Erziehung der Tiere auf Altbewährtes zurück, doch weder Spielzeug noch

Fernseher noch Spielkonsole haben sie so richtig interessiert. Eher war nach kurzer Neugier alles nur noch Schrott. Was Hundespieldrang in recht kurzer Zeit zerstören kann, ist mir echt unverständlich. Mein Kontostand scheint sie auch nicht sonderlich zu interessieren.

Das war bei den Kindern schon etwas anders. Auch das mit der Toilette hatte bei den Kindern perfekt funktioniert. Wenn sie mal mussten, benutzten sie das dafür vorgesehene Zimmer, also das Klo. Was machen die Hunde, sie bellen und bellen und belästigen mich, obwohl der Schlüssel doch in der Eingangstür steckt. Auch die Katze will ständig raus, trotz dreier Katzenklos. Das Nervende aber ist, wenn sie raus will, dann macht sie Geräusche, wo sich mir die Nackenhaare aufstellen. Manchmal bin ich echt mit meinem Latein am Ende.

Aus diesem Grund habe ich diese Erlebnisse aufgeschrieben. Nicht, weil ich Mitleid erwecken möchte. Nein, ich suche auf diesem Weg einen Erfahrungsaustausch.

Unter www.bintotalamende@home.de, können wir uns gerne mal kurzschließen und eventuell gemeinsam darüber in einer Diskussionsrunde nachdenken, wie ein nächster Schritt uns wieder die wohlverdiente Ruhe gewährleistet. Im Vorfeld bedanke ich mich schon mal bei euch in der Hoffnung auf einen anregenden Gedankenaustausch. Allerdings muss ich fairerweise betonen, dass das Thema Frau oder Freundin tabu ist, obwohl diese Gattung definitiv ein Grund der Unruhe und des sich nicht Entspannenkönnens ist. Aber ich habe meiner Frau hoch und heilig versprochen, sie einmal nicht negativ zu erwähnen. Dies ist auch in meinem Interesse gewesen; sonst hätte mein Papier nicht gereicht.

Der Schrittzähler

Was ich euch noch nicht mitgeteilt habe, ständig liege ich mit meiner Frau im Clinch; denn ich persönlich bin der Meinung, dass sie mich und meine Gutmütigkeit ausnutzt.

Sie dagegen ist der Meinung, dass die Wünsche ihrerseits nur kleine Gefälligkeiten wären und ich ansonsten nur ein faules Etwas bin.

Nun da ich als Friedensrichter meiner Selbst immer versuche fair zu sein, habe ich überlegt, wie ich dieses Dilemma unseres gemeinschaftliches Lebens ohne Stress und Streit aus unserer Welt schaffen kann.

Da ich halt ein Kerl bin und außerdem recht einfallsreich, hatte ich schon eine Lösung im Kopf. Ich lud mir eine App auf mein Handy, einen Schrittzähler.

Also als erstes zählte mein Handy meine Schritte tagsüber, wenn ich arbeite. Zwei Wochen lang notierte ich akribisch alle Werte. Dann aktivierte ich den Schrittzähler nur nach Feierabend zu Hause. Auch diese Daten notierte ich akribisch über zwei Wochen. Dann rechnete ich alle Daten aus, teilte sie durch die zwei Wochen und verglich die Werte. Das Ergebnis war nicht nur eindeutig, es war erschreckend.

Das Verhältnis zwischen tagsüber arbeiten und Möchtegernfeierabend war so gravierend, dass ich der Meinung war, auch meine Frau müsse nun einsehen, dass ich in den wenigen Stunden, die ich daheim bin, mehr als doppelt so viel laufe als tagsüber in der Firma, Hin- und Rückweg nicht mit eingerechnet.

Lange schaute sie sich meine Berechnungen an, dann schaute sie mich an und sagte: „Ganz ehrlich, Schatz, ich habe der Technik noch nie vertraut. Ich vertraue mehr meinem Bauchgefühl und ich würde mich sehr freuen, wenn du mir jetzt endlich einen Kakao machen würdest."

Eben erst daheim angekommen

Was ich euch noch nicht mitgeteilt habe, da ich eben erst daheim angekommen bin, nach gefühlten hundert Jahren. Also, heute war ein Tag, den ich schon lange gefürchtet hatte.

Damit ihr versteht, warum ich diesen Tag so gefürchtet habe, ein kleiner Blick in die Vergangenheit.

Als unsere Kinder noch klein waren, also noch lieb und kuschelig, wurden einige Rituale über die Zeit zur Tradition erklärt. Ich persönlich mag keine Traditionen, aber da ihr ja bereits über die vergangenen Jahre unseres gemeinschaftlichen Leidens Bescheid wisst, sind meine Gedanken und Ansichten der Familie nicht unbedingt richtungsweisend.

Also heute war ein Tag der Tradition, das heißt, abends essen gehen mit den Kindern und einigen Freunden.

Ich mag essen gehen nicht besonders; denn zu Hause werde ich auch satt. Meistens. Im Sommer kann ich essen gehen ja noch ertragen, aber im Winter, und wir haben gerade Winter, ist diese kulinarische Nahrungsaufnahme in mir fremden Räumen eine Qual. Erstmal sind die Stühle nicht so bequem wie mein Sessel. Die Musik ist meistens auch daneben. Doch vor allem darf man in diesen Räumlichkeiten nicht rauchen. Wie soll man sich da wohlfühlen? Und das über Stunden!

Wenn du am Morgen um halb sechs aufstehen musst, dann acht Stunden deiner Zeit der Firma widmest und anschließend in ein Restaurant musst, ist das Stress pur.

Beim morgendlichen Kaffeetanken sagte ich so vor mich hin, also in den Raum gesprochen: „Hoffentlich wird es heute Abend nicht wieder so spät!". Sofort mischte sich meine Frau in die Konversation zwischen mir und dem Wohnzimmer ein.

„Also, jeden Abend sitzt du am PC, hörst Musik, schreibst deine Texte oder schaust Familienbilder an. Da könntest du auch mal ein wenig Zeit für andere, mir wichtige Dinge haben. Der PC läuft dir doch nicht weg."

Natürlich habe ich auf ihren Satz nicht reagiert; denn ich hatte doch nur mal laut gedacht und wollte nicht schon beim ersten Kaffee des Tages in eine endlose Diskussion verwickelt werden.

Den Arbeitstag habe ich dann ohne weitere Folgeschäden überstanden, so signalisierte mein Gehirn mir: „Tommy, ab in die U-Bahn und in zirka einer Stunde bist du Hause. Dein PC schmachtet bereite sehnsüchtig."

Doch dieses Glücksgefühl wurde sofort von der Realität zerstört. Mein Fahrplan nach Hause wurde in Richtung Restaurant brutal geändert. Natürlich war ich als erster da; denn ich bilde mir ein, wer als erster kommt, kann auch als erster gehen. Doch so leicht machte man mir es nicht. Es wurde mal wieder sehr spät. Und dann noch der lange Heimweg!

Als ich dann endlich nach diesem extrem langen Tag zu Hause angelangt war, fuhr ich sofort den PC hoch. Doch da ich zu lange fort war und mein PC sich verlassen fühlte, musste ich erst mal die digitalen Tränen wegwischen. Mit psychologisch ausgewählten Worten versuchte ich meinem PC gut zuzureden. Dann fühlte ich, wie das alte, bekannte Vertrauen zwischen mir und meinem PC wieder hergestellt war.

Ganz langsam fuhr er hoch, vereinzelt floss noch eine kleine digitale Träne, aber wir waren endlich wieder vereint und glücklich. Nachdem nun endlich der Startbildschirm mich anlächelte, ich über die Tastatur meine Wünsche kundtat, mein PC auch sofort mit Liebe reagierte, bin ich am Schreibtisch eingeschlafen. Den Gutenachtkuss von meinem PC nahm ich nur noch in meinen Träumen wahr.

Vor der Küche

Was ich euch noch nicht mitgeteilt habe, konnte es auch noch nicht berichten; denn es ist eben erst geschehen.

Ich sitze so an meinem PC, meinen Kopfhörer auf beiden Ohren. Mein Gehörschutz wegen der vielen Wünsche meiner Frau nach Dienstschluss.

Also ich sitze so da, entspanne mein Ich und stelle mit Schrecken fest, dass mein Bierglas mal wieder leer ist. Also mühsam erheben und in die Küche schlürfen. Bis zur Küche kam ich ohne Probleme und in einer recht guten Zeit. Positiver Antrieb beflügelt einen halt. So stand ich vor der Küche und kam nicht rein. Nicht dass die Tür klemmte, wir haben keine Türen im Erdgeschoss, nein, meine Frau hatte den Durchgang blockiert; denn sie stand am offenen Kühlschrank und so konnte ich die Küche nicht betreten.

„Schatz, du kannst doch nicht die ganze Küche blockieren, was machst du um diese Zeit hier drinnen eigentlich?"

„Ich mache mir mein Essen für Morgen fertig", war ihre Antwort.

„Um diese Zeit? Ist mir aber auch egal. Trotzdem kannst du nicht die Küche blockieren. Dieser Raum gehört uns beiden."

Meine Frau schaute mich entgeistert an. „Uns beiden?"

Ich stand noch immer außerhalb der Küche, und sofort formte sich ein Satz in meinem Kopf, den ich auch gleich freiließ: „Für dich zum Kochen und für mich zum Bier einschenken. Was ist wohl wichtiger?"

Ihre Antwort habe ich als falsch gewertet. Doch da ich gerade in der Küche war, beziehungsweise kurz davor, sprudelten gleich wieder mehrere Wünsche in einem Satz, ohne Luft zu holen, aus ihr heraus.

Diese Erfahrung hat mich gelehrt, dass ich den Kasten Bier direkt neben den Schreibtisch stellen sollte. So bräuchte ich nicht aufzustehen und hätte es insgesamt etwas ruhiger; denn mit dem Kopfhörer auf den Ohren bekäme ich ihre Arbeitsanweisungen erst gar nicht mit.

Nachdem ich diesen Teil der Geschichte geschrieben hatte, las ich ihn meiner Frau vor, so wie ich ihr jede meiner Geschichten vorlese.

„Ist niedlich", war ihr Kommentar. Bevor ich mich freuen konnte, stellte ich fest, dass ihr Satz noch nicht beendet war; denn sie sagte dann: „Da ich mal wieder Inspiration für dich war, könntest du mir ja zur Belohnung noch einen Kakao machen."

Okay, der Weg in die Küche war ja jetzt frei; denn sie saß wieder auf ihrem Sofa, ihr Blick Richtung Wand gerichtet, wo der Fernseher hängt.

Also, manchmal wundere ich mich schon, dass ihr meine Geschichten immer gefallen. Mir kam schon der Gedanke, dass es für sie leichter ist, mir zu sagen, die Geschichten würde ihr gefallen, als dass sie Kritik übt; denn da ich ja familiäre Ereignisse und Begebenheiten niederschreibe, läuft sie natürlich Gefahr, wenn sie behauptet: „So war es doch gar nicht. Du hast mal wieder total übertrieben", dass dies dann zu einer partnerschaftlichen Diskussion führt, die sie selbstverständlich verlieren würde.

Doch zurück in die Realität! Ich habe ihr selbstverständlich ihren Kakao gemacht. Ich möchte ja morgen früh auch meinen Kaffee haben. So saß ich nach dem Kakaoherstellen wieder an meinem PC mit dem Kopfhörer auf den Ohren versuchte ich entspannt glücklich zu sein. Doch leider hat meine Frau eine neue Taktik entwickelt, um auf sich aufmerksam zu machen.

Da ich unter dem Kopfhörer nichts mitbekomme, erhebt sie sich aus ihrem Sofa, tritt von hinten an meinen Schreibtischstuhl, greift die Rückenlehne mit beiden Händen und rüttelt mein Schreibtischstuhl so heftig, dass ich beinahe aus dem Stuhl kippe und nur durch einen Sprung auf die Füße nicht auf den Boden aufschlage.

„Ach Schatz, da du gerade stehst, könntest du doch mal bitte...", sagt sie dann und lächelt.

Der imaginäre Raumteiler

Was ich euch noch nicht mitgeteilt habe, aber doch schon des Öfteren erwähnt habe, ich bin kein freischaffender Schriftsteller, sondern verdiene mein Geld mit einem Job.

Wie sich der eine oder andere vielleicht erinnern kann, im textilen Einzelhandel. Dies beinhaltet, dass ich das Wort Wochenende nicht kenne; denn mein Samstag liegt irgendwo mitten in der Woche. Über die Jahrzehnte habe ich mich aber daran gewöhnt, ja ich genieße diesen freien Tag in der Woche; denn der Rest der Familie ist arbeiten oder in der Schule. Und so habe ich das gesamte Haus für mich, obwohl ich eigentlich nur meinen Schreibtisch nutze, so wie immer. Ich glaube manchmal, eine zwei Quadratmeter Wohnung würde mir auch reichen. Was ich aber an diesen Tag allein im Haus liebe, ist, dass ich die Hi-Fi-Anlage bis zur Schmerzgrenze hochdrehen kann, ohne dass sich irgendjemand beschwert.

In den ersten Jahren des Zusammenlebens mit meiner jetzigen Frau litt sie sehr darunter, dass ich samstags nie zu Hause war, aber über die Jahre des an sich gegenseitigem Gewöhnens genießt sie es, dass ich am Samstag arbeiten bin. Denn jetzt kann sie an diesem Tag schalten und walten, wie sie es will.

Nun, so alle ein bis zwei Monate habe ich aber auch am Samstag frei. An diesen Samstagen nutzt meine Frau mich für Haus und Garten so aus, dass ich in der Firma darum gebeten hatte, nie wieder samstags freizubekommen, da es in der Firma doch entspannter ist als daheim. Dies hatte ich leider nicht durchsetzen können.

Also knüppelte ich an den freien Samstagen, meinem einzigen freien Tag in der Woche, bis zum Erschöpfungszustand. Irgendwann konnte ich diesen Zustand mit mir, meinem Gewissen und dem ständigen Älterwerden nicht mehr unter einen

Hut bekommen. Daher wartete ich auf eine günstige Gelegenheit, um über dieses Problem mit meiner Frau zu sprechen. Da ich meine Frau sehr gut kenne, brauchte ich nicht lange auf dieses mir wichtige Gespräch zu warten.

Ich redete mit ihr morgens um fünf Uhr, als sie noch im Halbschlaf war. Gut, ich gebe zu, dass dies kein wirkliches Gespräch war, aber ich wollte ja auch nicht diskutieren, sondern mir nur mein Recht auf Ruhe erschleichen. Und so teilte ich ihr meine akribisch ausgearbeiteten Sätze mit. Einige musste ich bei Taschenlampenlicht ablesen; denn sie waren recht kompliziert formuliert.

Da auch meine Frau noch im Halbschlaf war und davon träumte, wie sie mich noch mehr ausnutzen kann, brummte sie nur hin und wieder wohlwollend etwas vor sich hin, was ich als Bestätigung für mich und meine Sache verstand.

Stunden später beim ersten Kaffee bedankte ich mich bei ihr, dass sie mir alle Samstage, die ich nicht in die Firma muss, zur freien Gestaltung zugesagt hat. Sie schaute mich fassungslos an und fragte mich: „Von was redest du da gerade?"

Nun wiederholte ich für sie den Inhalt unseres Gesprächs aus den frühen Morgenstunden. Sie hat einfach keine Möglichkeit, da wieder rauszukommen, dachte ich. Ja, jetzt gehört jeder freier Samstag mir!

Doch leider zu früh gefreut.

Denn nun war ich immer im Weg, egal wo ich mich befand. Saß ich am Schreibtisch, wollte sie ihn gerade abwischen. Saß ich im Sessel mit einem Buch in der Hand, wollte sie gerade dort gründlich staubsaugen. Saß ich bei schönem Wetter im Garten, um die Sonne zu genießen, wollte sie gerade an dieser Stelle das Unkraut jäten. Nach vielen versauten freien Samstagen stellte ich erschrocken fest, dass meine Frau genauso gemein sein kann wie ich.

Eines Tages bekam ich von ihr dann auch noch einen Spitznamen. Okay, von meinen Kindern bekam ich über die Jahre auch Spitznamen. Mein älterer Sohn gab mir den Spitznamen Papa. Meine Tochter betitelt mich mit väterliches Muttertier und mein Jüngster nennt mich einfach nur alter Mann.

Doch meine Frau gab mir einen Spitznamen, den ich bis dato noch nicht so richtig verstanden hatte. Sie betitelt mich jetzt als einen imaginären Raumteiler.

Eines Tages konnte ich der Versuchung nicht widerstehen und fragte sie nach dem Sinn dieses Spitznamens.

„Also, erstens", erklärte sie mir, „bist du eine faule Socke und somit definitiv immer im Weg. Zweitens, und das ist viel entscheidender, bist du ein Raumteiler. Ein Raumteiler teilt den Raum in zwei Hälften. Dies machst du auch; denn die eine Hälfte des Raumes füllst du mit nur Dasitzen aus, die andere Hälfte des Raumes füllst du mit Nichtstun, und da ich an diesem Tag deines Nichtstuns dann auch nichts von dir habe, bist du auch nicht wirklich zu Hause. Also bist du nichts anderes als ein imaginärer Raumteiler."

Festgenagelt

Was ich euch noch nicht mitgeteilt habe, ich wurde auf einen vor mir nie gesagten Satz festgenagelt.

Vor einigen Abenden kamen meine Frau und ich so ins Reden. Nein, eigentlich sprach sie mich an. Es ging natürlich, wie schon seit einem Jahr, um Pferde, in diesem Fall sogar um ein ganz spezielles Pferd.

In dem Fohlenkindergarten stehen einige Pferde, die, wie ich ja bereits befürchtet hatte, von meiner Frau und einigen anderen Irren vom Schlachter freigekauft wurden, aber noch nicht weitervermittelt werden konnte. Das heißt, dass dieser Kreis von Rettern diese Pferde aus eigener Tasche bezahlt. Ich wundere mich schon einige Zeit, dass das Essen immer karger wird. Aber wenn das Gehalt deiner Frau beim Schlachter landet, nicht um Fleisch zu kaufen, sondern um die Herstellung von Fleisch zu verhindern, brauche ich mich auch nicht über dünne Suppe zum Abendessen zu wundern.

Wie bereits erwähnt, stehen nun einige Fohlen im Fohlenkindergarten und warten auf ihre neuen Besitzer. Ich dagegen warte darauf, dass meine Frau ihr vorfinanziertes Kapital so schnell wie möglich zurückerhält. Allein schon wegen des Abendessens.

In eines dieser Fohlen hat sie sich besonders verliebt. Nun gut, es ist ein echt hübsches Tier. Immer wieder schickte sie mir ungebeten Bilder von diesem Fohlen auf mein Handy.

„Engel", sagte ich zu ihr, „ wir haben zwei Pferde, mehr geht weder zeitlich noch finanziell."

Sie schaute auf ein Bild des Tieres, dann schaute sie mich an, „Ach Schatz", säuselte sie, „du weißt doch, dass mein Pferd immer wieder diese schweren Koliken hat. Wer weiß, wie lange das arme Tier noch lebt." Nach diesem Satz stellte sie fünf Flaschen Bier auf meinen Schreibtisch, so dass ich die nächsten dreißig Minuten nicht aufstehen musste.

„Schatz", sagte ich zu ihr, „ich kann dich wirklich gut verstehen; denn ich kenne deine Angst um dein Pferd. Aber das Geld, das du bereits in so viele Fohlen gesteckt hast, muss doch auch wieder zurück auf dein Konto. Es fehlt doch irgendwann, und Suppe zum Abendbrot macht zwar satt, aber nicht unbedingt glücklich."

Somit dachte ich, dass dieses Thema für mich beendet sei. Aber nein, jetzt kam sie erst richtig in Fahrt; denn sie spürte sofort meine vom Biergenuss nachlassende Gehirntätigkeit.

„Mein über alles geliebtes, göttliches Wesen", begann sie ihren nächsten wohlüberlegten Satz, „was hältst du davon, wenn ich alle Fohlen aus dem Fohlenkindergarten vermittle und nur dieses eine erst mal zurückhalte, nur so lange, bis ich mir sicher bin, ob mein Pferd die Koliken überlebt."

Ich war gerade dabei, mir das fünfte Bier meiner Sponsorin zu öffnen, und überlegte mir einen Satz, mit dem ich leben kann, der mir aber vielleicht nochmal fünf Biere auf den Schreibtisch zaubert. „Okay, mein Engel, halte ihn zurück, bis du dir sicher bist, dass dein Pferd all den Stress der Koliken überlebt."

Ich für mich selbst war mit dieser Aussage sehr zufrieden. Da aber kein neues Bier den Weg zu mir fand, ging ich dann irgendwann schlafen.

Am nächsten Morgen bedankte sich meine Frau bei mir, dass ich einem dritten Pferd zugestimmt habe.

„Habe ich nicht!", sagte ich zu ihr. „Ich habe nur zugestimmt, dass du es erst mal zurückhalten darfst, und ich so lange weiter Suppe löffeln werde, ohne mich zu beklagen."

„Also, gestern Abend hörte sich das aber ganz anders an. Kannst du dich denn nach fünf Bieren nicht mehr daran erinnern, dass du gesagt hast, dass du nichts dagegen hast zum Abendbrot weiter Suppe zu genießen, so dass ich mit diesem Pferd, in das ich mich so verliebt habe, glücklich sein kann. Außerdem habe ich schon allen meinen Freundinnen gesagt, was für einen tollen und rücksichtsvollen Mann ich hab. Soll ich sie jetzt alle nochmal anrufen und ihnen sagen, dass du in deinem fortgeschrittenen Alter über Nacht vergisst, was du am Vorabend gesagt hast, und dass du immer weniger Bier verträgst?"

Ganz ehrlich. Ich habe nie gesagt, was sie mir da am Morgen in den Mund legte. Niemals würden solche Worte meiner Kehle entfliehen. Aber ich bewundere ihre Hinterhältigkeit.

Ein Trip ins Einkaufszentrum II

Was ich euch noch nicht mitgeteilt habe, ich hasse es, einkaufen zu gehen. Egal ob Lebensmittel oder Klamotten oder sonst so ein Mist.

Also, wenn ich Lebensmittel einkaufen muss, geht das bei mir eigentlich recht schnell, aber mit meiner Frau zusammen, da dauert es Stunden. Frauen sind wie Kinder, alles anfassen und immer nach rechts oder links schauen.

Kinder sind neugierig und wollen alles haben, was so ein Laden anbietet, Frauen schmökern in einem Supermarkt wie in einer Bibliothek. Könnte ja irgendwo etwas rumliegen, was man irgendwann mal braucht. Diese ganzen Sonderstände interessieren mich nicht die Bohne. Ich habe meinen Einkaufszettel, entweder auf Papier oder im Kopf, und der wird abgearbeitet.

Ein Wocheneinkauf dürfte nicht länger als zehn Minuten dauern, aber nein, über Stunden muss man in diesem Laden sich alles ansehen, anfassen oder darüber reden, ob es gebraucht wird.

Wie ihr ja bereits wisst oder doch wissen solltet, wenn ihr aufmerksam bis zu diesem Punkt alles von mir mit ehrlicher Hingabe gelesen, es in euch aufgesaugt und auch verstanden habt, ich arbeite noch immer im textilen Einzelhandel. Nun da erlebt man schon so einiges.

Ganz ehrlich, wie bekloppt muss man sein, ständig irgendwelche Sachen anzuprobieren. Das versteh ich nicht.

Wenn ich mich nach dem gequälten Aufstehen anziehe, ist dies für den gesamten Tag so gedacht. Umziehen ist totaler Stress.

Aber nein, die Mädels gehen mit Hunderten von Klamotten in die Anprobe, ziehen sich das Zeug an und machen dann noch von jedem Outfit Selfies.

Von all dem, was sie so über Stunden anprobiert haben, kaufen sie natürlich nichts. Sie wollten nur mal so ihren Spaß.

Wie bereits gesagt, wenn ich angezogen bin, bin ich angezogen. Da wird sich nicht mehr umgezogen.

Wenn ich mal etwas kaufe in einem Geschäft, was sehr selten vorkommt, also wenn ich mal etwas in einem Geschäft kaufe, zum Beispiel eine Hose oder ein Shirt, probiere ich es nicht an. Ob es passt oder nicht, sehe ich doch, wenn es noch auf dem Bügel hängt. Am liebsten kaufe ich im Internet ganz ohne Stress und langen Wartezeiten an überfüllten Kassen. Nur bei Lebensmitteln bin ich noch old school.

Also zurück zum Thema Supermarkt.

Einige Kleinigkeiten mussten erledigt werden. Beim morgendlichen Kaffeetanken erklärte ich mich bereit, dies zu übernehmen. Natürlich bin ich hinterhältig und ein wenig gemein; denn bei meiner liebevollen freiwilligen Übernahme des Erledigens einiger Kleinigkeiten hatte ich einen Hintergedanken. Wenn ich diesen ersten Teil des Tages übernehme, muss mein Junior den zweiten Teil des Tages übernehmen. Junior hatte im Gegensatz zu meiner Frau meine Hinterhältigkeit sofort durchschaut und so wollte er den ersten Teil des Tages übernehmen; denn ein Paket abholen, ein paar Bier, Briefumschläge und eine Briefmarke zu besorgen, ist noch echt entspannend.

Doch ich ließ nicht mit mir über den Tagesablauf diskutieren. So musste er also im Schlepptau meiner Frau einen Weihnachtsbaum aussuchen, den Wocheneinkauf bewältigen und nebenbei noch einiges im Baumarkt mitnehmen. Armes Kind!

Leider war mein, von mir als kurz und knapp gedachter Trip ins Einkaufszentrum doch mit einigem Stress und Zeitverlust gepaart; denn ich war zur falschen Uhrzeit unterwegs. Es war überall voll von Menschen, die mal eben kurz etwas besorgen wollten. Ich hasse es, an der Kasse sinnlos zu stehen und zu warten, bis ich endlich bezahlen darf.

Wahrscheinlich geht dies vielen Menschen so; denn, wenn man die vielen Diebstähle im Einzelhandel betrachtet, im Vergleich zu den wenigen Kassen, kann man Diebstähle schon verstehen. Das heißt nicht, dass ich Diebstahl gutheiße. Nein, ganz im Gegenteil, wäre aber eine Erklärung. Ich will mich auch nicht über das Personal beschweren, ganz im Gegenteil. Diese armen Angestellten ackern bis zu ihrem körperlichen Ende. Das Problem liegt hier am Geiz der Arbeitgeber, was das Personal betrifft, sowie an einigen geistig zurückgebliebenen Mitmenschen.

Wenn ich also an einem Samstag einkaufen gehe, wo die Hälfte der Bevölkerung die gleiche Idee hat, sollte man doch so organisiert sein, das alles schnell über die Bühne geht.

Aber nein. Da steht so eine Person an der Kasse, ist mächtig erstaunt, dass man den Einkauf auch bezahlen muss und kramt erst mal ewig in der Handtasche nach der Geldbörse. Dann wird eben diese Geldbörse nach Kleingeld durchforstet, um dann letztendlich doch mit der EC-Karte zu bezahlen. In der Zwischenzeit ist die Kassenschlange um gefühlte hundert Menschen angewachsen. Wenn du nur zwei solcher Behinderter vor dir an der Kasse stehen hast, ist der Tag bereits in Arsch, bevor er eigentlich begonnen hat.

Nun, mein Erlebnis des an der Kasse Anstehens an diesem Tag hat alles in den Schatten gestellt, was ich bis dato beim Einkaufen erlebt habe.

Ich stehe in so einer Kassenschlange, noch total entspannt, und merke, dass es einfach nicht weitergeht. Nachdem ich alle Mails auf dem Handy beantwortet hatte, stand ich noch immer an derselben Stelle. Auch die vielen anderen Zahlungswilligen rosteten schon in der Kassenschlange ein. Nachdem man sich dann über diese lange Zeit gegenseitig vorgestellt hatte, sich bereits duzte und beim dritten Bier versuchte, sich bei dieser sinnlosen Warterei bei Laune zu halten, kam dann einer von uns vielen Leidensgenossen auf die Idee, sich mal nach vorne durchzukämpfen, um sich nach der Ursache des Stillstandes der Warteschlange zu erkundigen. Als er sich wieder bis zu uns zurückgearbeitet hatte, grinste er und holte noch einen Kasten Bier.

„Wird noch dauern!", sagte er. „Ihr glaubt es nicht, Freunde, da diskutiert eine Frau mit dem armen Mädel an der Kasse, ob die Flasche 15 oder 25 Cent Pfand hat."

Wir haben daraufhin spontan ein Sit-in veranstaltet, oder um es genauer zu formulieren, wir setzten uns einfach hin, wo wir gerade standen; denn wir waren mittlerweile ziemlich angetrunken. Plötzlich hatte einer von uns eine geniale Idee, die er uns sofort mitteilte. Und so opferten wir 25 Cent.

Mit dem gesammelten Geld gingen wir nach vorn zum Anfang der Warteschlange, entrissen der Frau die Flasche, um dessen Pfandgeld sie nun so lange gefeilscht hatte, und überreichten ihr unsere großzügige Spende von 25 Cent mit den Worten: „Wir haben alle Familie und würden uns sehr freuen, sie in diesem Jahrhundert noch einmal wieder zu sehen. Vielen Dank, dass Sie bei uns eingekauft haben, und bitte, beehren Sie uns nie wieder!"

Das Mädel an der Kasse schaute uns alle dankbar, ja geradezu verliebt, an. Wir haben ihr dann noch eine kleine Flasche Baldrian Tropfen spendiert, falls sie nochmal so einen bekloppten Mitmenschen erleiden muss.

So, nun nach Stunden endlich nach Hause. Doch leider konnte ich den Heimweg durch die vielen Biere nicht alleine bewältigen und so musste mein Junior nach all dem Stress des Einkaufens mit meiner Frau, mich auch noch aus dem Einkaufzentrum abholen.

Der Drucker und andere Missgeschicke II

Was ich euch noch nicht mitgeteilt habe, mein alter Drucker hat den Wurf durch das geschlossene Fenster überlebt. Nachdem er dann so friedlich und sinnlos im Garten lag, hatte mein Junior Mitleid mit ihm und holte ihn wieder ins Haus. Als ich abends von der Firma heimkam, fragte mich Junior: „Alter Mann, wie dämlich bist du eigentlich? Der Drucker ist völlig in Ordnung. Es hatte sich nur ein Blatt verklemmt, ansonsten ist er noch in einem Topzustand."

Nun hat Junior auch einen Drucker. Ich besaß ja nun einen Neuen. Aber auch der wollte nicht so, wie ich wollte. Alles was ich drucken wollte, gab er mir total unverständlich wieder, entweder im falschen Format oder in einer Sprache, die ich nicht kannte. Mit einem Blick auf mein bereits geschwächtes Konto musste ich dem Drang, auch diesen Drucker durch das geschlossene Fenster zu entsorgen, entsagen und mich mit diesem Teil der Technik auseinandersetzen. Hätte ich dies beim alten Drucker schon getan, hätte ich Hunderte von Euro gespart sowie diese endlosen Diskussionen mit meiner Frau wegen der kaputten Fensterscheiben. Nun saß ich also total frustriert an meinem Rechner und war am Verzweifeln. Okay, sagte ich zu mir selbst, wenn du das Miststück nicht aus dem geschlossenem Fenster werfen kannst, kannst du dieses nichtfunktionierende Teil aber am Rechner deinstallieren. Mal sehen, wer hier das Sagen hat! Gedacht, getan. Nun saß ich an meinem PC, und zusammen überlegten wir uns, wie wir dieses Problem gemeinsam lösen könnten. Da mein PC intelligenter ist als ich, schlug er mir vor, das faule Teil nochmals zu installieren. Dies tat ich dann auch. Und nun funktioniert dieses Ding endlich.

Einen Dank an meinen PC. Ohne dich, mein Freund, würde ich nicht mehr überleben können.

Die Tropfschale

Was ich euch noch nicht mitgeteilt habe, bei technischen Geräten versage ich oftmals. Um es auf Hochdeutsch auszudrücken, ich bin ein technischer Versager.

Neulich morgens kam ich in die Firma, mit einer unbändigen Vorfreude auf einen Kanister Kaffee. Leider bekomme ich zu Hause morgens keinen Kaffee mehr, da ich seit einiger Zeit mich meiner Frau gegenüber taub verhalte. Das heißt, ich höre ihre Wunschbefehle nicht mehr. Da sie aber weiß, dass ich unsere recht komplizierte Kaffeeanlage nicht beherrsche, bestraft sie mich mit Kaffeeentzug.

Bei den Tieren hat das mit dem Taubsein nicht funktioniert. War auch klar, sie reden ja nicht, wenn sie etwas wollen, sie zeigen es an durch Bellen oder indem sie einem den Weg versperren. Nun ja, bei den Tieren bin seit einiger Zeit erblindet. Ich bin echt gespannt, wie sie reagieren, wenn sie merken, dass meine Augen noch immer besser sehen als die ihren. Also Kaffeeentzug haben wir bereits, müssen sich was anderes einfallen lassen. Ich glaube allerdings, dass meine Frau sie mit allen Mitteln unterstützen wird.

Zurück zum Höhepunkt meines Wahnsinns für diesen Tag. Ich fuhr in einer überfüllten U-Bahn in Richtung Firma. Ich hatte wie immer zu wenig Schlaf abbekommen. Außerdem hatte ich noch reichlich Blut im Alkohol und der Drang nach einem entspannten Kaffee wuchs von Station zu Station. Endlich in der Firma angekommen, ohne nennenswerte Zwischenfälle, eilte ich sofort in die kleine Räumlichkeit, die wir liebevoll Küchenkantine nennen. Zwei meiner Kolleginnen saßen bereits in eben dieser Küchenkantine und tranken Kaffee. Sprachlos vor Neid vergaß ich alle Höflichkeit. So fragte ich, ohne „guten Morgen" zu sagen, „sind noch Bohnen im Gerät?"

„Guten Morgen, Tommy", sagte eine der Kolleginnen. „Ich hoffe, du hattest auch einen schönen Feierabend und einen entspannten Start in den Tag. Ganz nebenbei erwähnt, es sind mehr als genug Bohnen in der Maschine. Außerdem ist sie auch schon gereinigt."

An einem normalen Tag wäre mein Fehlverhalten mir sehr peinlich gewesen, aber in meinem Zustand des Kaffeeentzuges murmelte ich nur ganz kurz ein Danke, was ich alleine schon sehr anstrengend fand. Ich griff mit zittrigen Händen ins Regal, wo die Kaffeebecher parken, und griff mir den größten, stellte ihn an den Platz, wo der Kaffee die Maschine verlässt, und drückte auf den Knopf, der mit „Großer Kaffee" betitelt ist.

Dann kam das entspannende Geräusch, das entsteht, wenn die Kaffeebohnen gemahlen werden. Das erste Glücksgefühl des Tages regte sich in mir. Plötzlich blinkte ein rotes Lämpchen auf Augenhöhe und im Display erschien der Satz „Tropfschale leeren." Mein erster Gedanke war, meine Kollegin zu erwürgen, wie kann man so dämlich sein, die Kaffeemaschine zu reinigen und dabei zu vergessen, die Tropfschale zu leeren. Ich zog also vorsichtig die Tropfschale aus dem Gerät, um festzustellen, dass die Tropfschale geleert war. Tief in meinem Innern legte ich meiner Kollegin eine Entschuldigung vor ihre Füße. Nun gut, die gesamte Prozedur von vorn. Mein Becher stand noch da, wo ich ihn hingestellt hatte. Also wieder den Knopf „Großer Kaffee" drücken. In stummer Erwartungshaltung stand ich vor dem Gerät, von dem in diesem Moment mein Leben abhing. Ich wartete auf dieses Geräusch, das entsteht, wenn der Kaffee die Maschine verlässt und von einem Becher eingefangen wird. Doch ich hörte nichts, aber ich sah ein rotes Lämpchen blinken und einen Satz im Display, „Tropfschale leeren." Nun war ich zwar ziemlich verzweifelt, aber noch nicht total handlungsunfähig. Wieder entnahm ich der Maschine die

Tropfschale, nahm mir aber auch ein Handtuch, um die Tropfschale absolut trocken zu wischen. Nicht dass sich etwa eine kleine Pfütze in dem Sensor spiegelt! Dann schob ich die Tropfschale wieder in das mir mittlerweile verhasste Gerät und begann mit der Prozedur von vorn. Ich möchte die nächsten fünf Versuche nicht wiedergeben; denn alles wiederholte sich, wie bereist beschrieben, und ich mag keine Wiederholungen.

Hinter meinem Rücken saßen die beiden Kolleginnen und kicherten nun immer lauter. Ich drehte mich um und brüllte, nein eigentlich in meinem Zustand war es mehr ein hilfloses Flüstern. „Was kichert ihr dämlichen Gänse denn so, wenn ich gerade Todesqualen erleide? Außerdem ist diese gottverdammte Tropfschale so sauber, trocken und clean, dass man daraus Suppe löffeln kann. Ich verstehe einfach nicht, warum dieses Miststück mir keinen Kaffee machen will. Euch hat sie doch auch gehorcht. Ist dieses verfluchte Gerät eventuell Männerfeindlich?"

„Tommy, hast du dir hier noch nie selbst einen Kaffee gemacht?", fragte meine eine Kollegin. „ Die Maschine ist schon etwas älter und nicht mehr in besten Zustand. Um einen Kaffee zu bekommen, musst du zweimal auf dieselbe Taste drücken, ansonsten zeigt sie dir immer wieder „Tropfschale leeren" an.

Ich drehte mich wieder der Maschine zu und drückte zweimal „Großer Kaffee" und nun floss das köstliche Nass endlich in meinen Becher. Das Gelächter meiner beiden Kolleginnen nahm ich nicht wirklich wahr.

Der Tag war gerettet, ich nahm meinen Becher mit dem Überlebenssaft, setzte mich zu meinen Kolleginnen und wünschte ihnen einen schönen guten Morgen. Nach unzähligen Kaffees schlich sich langsam ein wärmendes Gefühl über die Eingeweide in meinem Kopf, und ich beschloss, dass ich das Taubsein meiner Frau gegenüber aufgeben werde; denn ein zweites Mal würde ich so einen Morgen nicht überleben.

Zu früh gefreut

Was ich euch noch nicht mitgeteilt habe, es gibt Tage, die beginnen ganz normal und enden auch normal, nämlich im Wahnsinn,

Nach dem morgendlichen Kaffeetanken in entspannter Atmosphäre – ich rede morgens nichts, ich bereite mich innerlich auf meinen Feierabend vor – kann der Tag beginnen. Manchmal allerdings redet meine Frau mich an und so bin ich gezwungen zu antworten. Also nach einer fast entspannten Ruhe beim morgendlichen Kaffetanken kann der Tag beginnen. Aber leider meist mit dem Weg in die Firma.

Gemeinsam verlassen meine Frau und ich das Haus. Sie nimmt mich immer ein Stück mit dem Auto mit. Finde ich ganz lieb von ihr. Allerdings muss ich morgens ihr Tagesgepäck zum Auto buckeln. Irgendwann kommst du dann in der Firma an und stellst fest, dass du deine Motivation vergessen hast. Nun gut, dann eben ohne Motivation den Tag überleben. Nach Jahrzehnten hat man darin bereits Übung, das heißt, man überlebt den Tag ohne größere Folgeschäden für Geist und Körper. Irgendwann kommt der Moment, wo du Firma und Heimweg hinter dir hast und endlich den von dir geplanten Feierabend einläuten kannst.

An diesem einen Abend hatte ich das Gefühl, dass mich alle Götter lieben; denn ich war der erste, der zu Hause ankam. Ich habe mir sofort ein Bier eingeschenkt, den PC hochgefahren und die HiFi-Anlage hochgedreht.

Doch in dem Moment, wo mein Finger die Play-Taste berühren wollte, klingelt mein Handy. Am anderen Ende des nervenden Dings war meine Frau. „Schatz, ich habe gerade gesehen, dass schon Licht im Haus brennt. Daher wusste ich, dass du schon daheim bist, worüber ich mich auch sehr freue. Es wäre echt lieb von dir, wenn du mir meine Sachen reintragen würdest."

Also wieder Schuhe anziehen und nach draußen dackeln. Hätte ich doch nur das verdammte Licht ausgelassen. So nahm ich ihr Tagesgepäck, wie schon am Morgen, und trug es ins Haus zurück.

„Also ganz ehrlich, mein Engel, kann es sein, dass dein Gepäck heute früh leichter war?", fragte ich sie vorsichtig.

„Wie kommst du darauf?" fragte sie zurück.

„Nun ja", sagte ich, „deine Handtasche hat immer das gleiche Gewicht. Dein Rucksack aber, in dem heute früh Getränke und Lebensmittel für den Tag waren, die ja jetzt aufgebraucht sein sollten, also dein Rucksack füllt sich fünfmal schwerer an."

Sie schaute mich an und sagte: „Kann gar nicht sein. Ich bin direkt von der Firma nach Hause gefahren, mit einem kleinen Abstecher in einen Baumarkt allerdings."

Gut, das hatte das Gewicht erklärt. Ich traute mich nicht zu fragen, was in dem Rucksack für arbeitstechnische Anweisungen lagern. Nachdem ich ihr Tagesgepäck ins Haus gebuckelt hatte, völlig außer Atem war und mein Finger sich wieder der Play-Taste näherte, hörte ich ein verzweifeltes „NEIN" aufkreischen.

Erschreckt sah ich meine Frau an und erklärte ihr, dass das nur die Taste ist, um meine Musik zu starten, und keine Taste, um einen Selbstzerstörungsmechanismus in Gang zu setzen.

„Entschuldige, Tommy, aber ich muss ganz dringend telefonieren und da kann ich keine Hintergrundgeräusche ertragen. Dieses Gespräch ist echt sehr wichtig. Könntest du mir bitte mal den Fernseher anmachen! Danke! Nun schau nicht so deppert, du hast doch deinen Kopfhörer."

Und so verlief der Abend wie immer und obwohl ich den Kopfhörer auf den Ohren hatte mit einer Lautstärke, die mich irgendwann zu einem Hörgerät treibt, bekam ich so einige

Schlagwörter dieses so wichtigen Gespräches mit. Es waren dieselben wie jeden Abend, wenn sie am Telefon hängt, nämlich Pferd – retten – wichtig - muss schnell gehen.

Als ich als erster daheim ankam, glaubte ich, die Götter lieben mich. Jetzt weiß ich es besser, die Götter wollten nur meine Geduld prüfen.

Der Weihnachtsbaum

Was ich euch noch nicht mitgeteilt habe, als ich heute aus der Firma nach Hause kam, stellte ich überrascht fest, dass der Weihnachtsbaum bereits im Wohnzimmer stand.

Meine Frau saß auf ihrem Sofa und machte Fingerübungen am Handy.

„Ich bin zu Hause", sagte ich in den Raum. Dies ist mein Standardsatz, wenn ich daheim ankomme; denn meine Erfahrungswerte über die Jahre lehrten mich, dass, wenn ich mich nicht ankündige, sie von mir erst Stunden später Notiz nimmt.

Also, ich kam daheim an und der Weihnachtsbaum stand bereits im Wohnzimmer, schon fertig geschmückt und beleuchtet. Mir fiel ein Felsbrocken aus meiner geschundenen Seele; denn dieses Jahr habe ich vor Weihnachten drei Urlaubstage und mein Angstgefühl, mich am Aufstellen und Schmücken beteiligen zu müssen, hatten schon seit Wochen in mir Horrorbilder aufkeimen lassen.

„Schatz, ihr habt ja schon den Baum aufgebaut und geschmückt! Das finde ich echt super. Er sieht auch verdammt gut aus."

Was nun auf mich zukam, ließ jeden Alptraum der letzten Jahrzehnte verblassen.

„Nicht wir haben den Baum aufgebaut, sondern Junior hat ganz allein den Baum aufgebaut. Wir haben Mitte November, aber der Bengel hat seine Zeit schon im Voraus so verplant, dass er schon heute den Baum aufgestellt hat."

„Mäuschen", sagte ich zu ihr. „Du bist ja schlimmer drauf als ein atomares Monster aus deinen Horrorfilmen. War dein Tag in der Firma so beschissen, dass du deinen Frust mal wieder bei mir ablassen musst? Also bitte beruhige dich! Ich mache dir auch sofort deinen Kakao."

„Ich will mich weder beruhigen noch will ich einen Kakao. Ich bin stinksauer." Dieser Satz füllte den Raum für Minuten und nahm mir die Luft zum Atmen. Nachdem ich mich in den Flur zurückgezogen hatte, um tief einzuatmen, nahm ich all meinen Mut zusammen und begab mich wieder in das Wohnzimmer.

„Schatz, worüber bist du denn so erregt? Freu dich doch, dass Junior mitdenkt und uns beiden so viel Arbeit abnimmt!"

Bei dem Versuch, die Situation zu beruhigen, musste ich feststellen, dass meine Argumente alles nur noch schlimmer machten. Nun erhob sie sich und ging an mir vorbei zum Klo. Ich glaube nicht, dass sie mich absichtlich geschubst hat, allerdings war ihre Zornesröte nicht zu übersehen.

Nachdem sie vom Klo wieder ins Wohnzimmer kam, ich saß mittlerweile auf meinem Schreibtischstuhl und war erst mal in Sicherheit, versuchte ich es nochmal mit ruhigen und vernünftigen Worten. „Schatz was ist denn daran so schlimm, dass wir Mitte November schon den Baum stehen haben? Sind wir halt den Nachbarn ein paar Wochen voraus."

„Du verstehst es einfach nicht! Weihnachten ist ein Fest, an das Traditionen gebunden sind. Einen Baum stellt man erst kurz vor Heiligabend auf."

An ihrem Tonfall und ihrer Wortwahl spürte ich, dass sie auf dem Klo einigen Frust mit ausgepullert hatte.

„Mein Engel, auch bei mir daheim, als ich noch Kind war, gab es Traditionen. Da wurde der Weihnachtsbaum erst Heiligabend von meiner Mutter aufgebaut und geschmückt. Das war für uns Kinder unheimlich schön und spannend. Aber wir sind keine Kinder mehr und unsere Kinder sind alle erwachsen. Warum also dieser Stress? Willkommen in der realen Welt!"

Sie schaute mich an mit einem Blick, der so verzweifelt war, dass ich beinahe Mitleid hätte haben können.

„Du verstehst es einfach nicht", wiederholte sie. „Es gibt Dinge, die sich einfach nicht verändern dürfen. Man nennt sie Tradition. Dies macht unsere Kultur aus."

„Okay, wenn dir Traditionen so wichtig sind , warum steht dann mein Essen noch nicht auf dem Tisch? Es ist bei uns halt so Tradition, dass, wenn ich von der Firma nach Hause komme, man mir mein Essen serviert. Was ist bloß aus unserer Kultur geworden!"

Da sie sich über die vielen Stunden endlich etwas beruhigt hatte, aber merkte, dass ich durch dieses sinnlose Gelaber über einen Weihnachtsbaum doch recht genervt war, eilte sie in die Küche, um mein Essen zu holen. Doch leider war über diese sehr lange Zeit des sinnlosen Diskutierens das Essen vom Ofen zu Kohle verarbeitet worden.

Ich bekam dann lecker Essen aus der Pizzeria nebenan. Auf ihre Kosten.

Festgenagelt II

Was ich euch noch nicht mitgeteilt habe, letzten Sonntag waren wir, wie jeden Sonntag, bei unseren Pferden im Stall.

Über die Zeit sind wir mittlerweile mit dem Ehepaar, dem der Stahl gehört, sehr gut befreundet, wahrscheinlich weil ich immer den Kasten Bier mitbringe. Ist für mich aber völlig in Ordnung; denn sie kümmern sich liebevoll um unsere Tiere. Das Leben ist halt ein Geben und Nehmen.

Unser Stallritual beginnt mit dem Gang ins Büro, wo unsere Stallbesitzer schon auf uns warten. Nach einer langen und liebevollen Begrüßung hat die Tochter der Stallbesitzer bereits die ersten Flaschen für uns geöffnet. Sie ist ein echt liebes Kind. Ich freue mich immer, wenn sie auch anwesend ist; denn dann weiß ich, dass meine Frau nicht alleine zum Paddock gehen muss. Nach einiger Zeit oder auch nach einigen Bieren traue ich mir nicht mehr zu so weit zu gehen, oder anders ausgedrückt, zu torkeln.

So sitzen wir dann rum, reden und trinken, trinken und reden. Nun, wie wir so sitzen und trinken, habe ich den beiden mitgeteilt, dass meine Frau mich mal wieder total gelinkt hat. Ich erzählte ihnen von dem dritten Pferd und wie sie sich meine angebliche Zustimmung erschlichen hat.

Mein Freund, der Pferdepapa, lachte plötzlich und fragte mich: „Sag mal, Tommy, hat sie dir wirklich gesagt, dass sie Angst hat, dass ihr Pferd an den Koliken sterben könnte?"

Ich nickte wortlos und nahm mir ein neues Bier.

„Tommy, deine Frau hat dich nicht nur gelinkt, sie hat dich total hintergangen; denn schon vor Wochen haben wir ihr gesagt, dass die Koliken völlig harmlos sind." Er konnte sich vor Lachen kaum noch auf seinem Stuhl halten.

Irgendwie fühlte ich mich als Witzfigur eines schlechten Comics. In diesem Moment kam meine Frau wieder in das Büro, sah mich an und wusste sofort, dass ich jetzt die ganze Wahrheit kenne.

Bevor ich etwas sagen konnte, lächelte sie. „Oh", sagte sie dann mit einer eigenartigen Wärme in ihrer Stimme, „wie ich sehe, ist euer Bierkasten doch recht leer. Ich habe diesmal in weiser Voraussicht noch einen zweiten im Auto."

Sie ist wirklich auf alles vorbereitet, wenn sie ihren Willen durchsetzen will.

Mit Hinterlist und Tücke

Was ich euch noch nicht mitgeteilt habe, seitdem unsere Freunde, die Stallbesitzer, wissen, dass wir ein drittes Pferd unser Eigen nennen, fragen sie natürlich immer, wann wir es in den Stall überführen lassen.

Noch steht es in Österreich im Fohlenkindergarten bei dem Bekannten meiner Frau. Dort wird es erst mal erzogen, nicht dass wir wieder so einige Überraschungen erleben müssen wie bisher.

Also, unsere Pferde sind echt lieb. Meistens.

Aber ein Pferd von den beiden ist ein Dickkopf und geht dann auch mal gerne durch die Zäune auf das benachbarten Paddock. Vielleicht ist es nur neugierig oder immer auf der Suche nach etwas Neuem, Unbekannten.

Hier mal kurz eine Quizfrage: Was glaubt ihr, wem dieses Pferd gehört?

Richtig, meiner Frau.

Mein Pferd ist eine Seele von Pferd, immer lieb, halt ganz der Papa.

Obwohl beide Pferde aus der gleichen Rasse stammen, haben sie sich wahrscheinlich ihrem Menschen angepasst. Nun, das würde das Zäune Sprengen auch erklären; denn meine Frau sprengt ja auch immer wieder alle Grenzen.

Nun zurück zu der Frage von Pferdemama, wann wir vorhaben, das dritte Pferd in den Stall zu überführen. Ich druckse dann immer so rum und antworte mit irgendwelchen Ausflüchten; denn da dies dritte Pferd mir mit Hinterlist und Tücke auf meine viel zu schmalen Schultern aufgebürdet wurde, versuche ich natürlich den normal Zustand meines Lebens wieder herzustellen.

Lange habe ich nachgedacht, wie ich aus dieser ganzen Geschichte rauskomme, ohne als zu gemein dazustehen. Dann hatte ich einen Geistesblitz. Immer wenn meine Frau mit den tausend Pferdemenschen telefonierte, drückte ich die Pausentaste am PC, so dass sie glaubte, ich höre Musik und bekomme nichts mit. Aber ich habe jedes Gespräch sehr penibel verfolgt und lernte aus diesen Gesprächen. Dann knackte ich den Code ihres Handys und setze mich mit all diesen Pferdemenschen in Verbindung.

Genau wie meine Frau tat ich total verzweifelt, dass ein Fohlen beim Schlachter steht und ganz schnell vermittelt werden muss. Und ich hatte Glück. Nach zwei Wochen war das Pferd, das imaginär unser Eigen war, verkauft.

Ich war sehr zufrieden mit mir, mein Kontostand hatte sich sichtlich verbessert.

Als Entschädigung für das so plötzlich verloren gegangene Pferd habe ich meine Frau zum Essen eingeladen. Etwas Geld hatte ich ja jetzt übrig.

Eine Stunde früher

Was ich euch noch nicht mitgeteilt habe, jeden Tag bin ich gute eine Stunde früher in der Firma.

Nun ich mag zu spät kommen, einfach nicht, und man muss ja bei diesen Mitmenschen in einer Großstadt mit allem rechnen und auf alles vorbereitet sein. Zum Beispiel haben an einigen Tagen alle Bewohner dieser Stadt die Idee, um genau dieselbe Zeit das Auto zu besteigen und loszufahren. Also Stau vom Standort bis zum Ziel. Bei den öffentlichen Verkehrsmitteln muss man jeden Morgen damit rechnen, dass der Bus eine Stunde Verspätung hat oder die U-Bahn nicht in dem Takt fährt, wie im Fahrplan angekündigt.

Also, da ich perfekt organisiert bin und alle Hindernisse des Alltags mit einplane, bin ich jeden Morgen eine Stunde früher in der Firma, als ich eigentlich müsste.

Jetzt wird sich der eine oder andere fragen, was macht man denn so früh in der Firma, wo doch das Zuhause das Heiligtum ist.

Diese Frage ist recht schnell und unkompliziert beantwortet.

Auf dem Weg in die Firma kaufe ich mir beim Bäcker erst mal mehrere lecker belegte Brötchen; denn ich muss ja vor Arbeitsbeginn frühstücken. Zuhause macht mir keiner ein Frühstück.

Das ist doch wahnsinnig teuer, höre ich euch sagen. Ja, ihr habt natürlich recht. Es ist wahnsinnig teuer, aber ich setzte es von der Steuer als Haushaltsgeld II ab. Wurde bis jetzt immer anerkannt.

Doch zurück in die Firma. Ich frühstücke also erst mal. Mit dem Kaffeeautomaten komme ich ja nun auch gut zurecht und so verspüre ich kurzfristig ein Gefühl von Heimat in mir.

Nach dem Frühstück erhebe ich meinen gesättigten Körper und gehe gemütlich nach draußen, um in der Kälte eine Zigarette zu rauchen. Nach dem schnellen Durchgefrorensein eile ich in die geheizten Räumlichkeiten zurück.

So setze ich mich wieder in unsere gemütliche Küchenkantine, nehme mir mein Buch zur Hand, das heißt, ich will es mir nehmen. Doch bevor ich zugreifen kann, höre ich eine Stimme, die mir sehr vertraut ist und die mich sofort an Zuhause erinnert.

Diese Stimme formuliert einen mir doch so bekannten Satz, der da lautet: „Tommy, könntest du mal bitte...“

Diese Stimme gehört meiner Chefin, die eine Zwillingsschwester meiner Frau zu sein scheint.

Vielleicht habe ich aber gerade deswegen das Gefühl, wenn ich in der Firma bin, immer noch zu Hause zu sein.

Echt mutig

Was ich euch noch nicht mitgeteilt habe, heute war ich echt mutig; denn ich begleitete meine Frau beim Wocheneinkauf.

Zum Verständnis, warum ich sie begleitete, muss ich einiges erklären. Mein Junior hatte mal wieder vergessen, dass er Eltern besitzt, die seiner Pflege bedürfen. Er war seit Tagen bei seiner Freundin. Das einzige, was wir von ihm hörten, war der Satz „Komme erst morgen." Diese knappe Mitteilung bekamen wir mehrmals über die Tage. Ich habe seit einiger Zeit ein Foto von ihm auf dem Schreibtisch stehen; denn in meinem Alter vergisst man schon mal das eine oder andere und ich möchte nicht, dass, wenn er endlich mal wieder nach Hause kommt, ich aus meinem Sessel aufspringe und ihn erschlage aus der Angst heraus, dass er ein Einbrecher ist.

Also mein Junior war nicht zu Hause und so hätte meine Frau alleine den Wocheneinkauf tätigen müssen. Aber ich hatte an diesem Tag frei und musste nur noch ein Paket bei der Post abholen; denn ich hatte neues Druckerpapier bestellt. Und da ich immer auf Vorrat bestelle, lagen bei der Paketstation gut zwanzig Päckchen Druckerpapier je fünfhundert Blatt. Normalerweise benutze ich bei solchen Mengen immer den Bollerwagen, um die Ware abzuholen. Aber leider hatte ich es über die Woche nicht geschafft, den Bollerwagen leerzuräumen. Er war also noch vollgepackt vom letzten Besuch bei der Paketstation.

Ich bat also meine Frau, mich kurz mit dem Auto zur Paketstation zu fahren, damit ich nicht jeden Block einzeln abholen muss. Sie hat sofort ohne Zögern zugestimmt.

Ich höre schon den Satz von euch in meinem Kopf „Tommy, hast du aber eine liebe Frau!"

Nun, sie ist durchaus eine liebe Frau, aber auch berechnend; denn die Paketstation liegt im Einkaufszentrum und wenn wir schon gemeinsam im Einkaufszentrum sind, können wir ja auch gleich den Wocheneinkauf gemeinsam tätigen. Eigentlich hätte ich nach über zehn Jahren unseres gemeinsamen Lebens damit rechnen müssen. Aber irgendwie hatte ich nicht daran gedacht, dass die Paketstation im Einkaufszentrum liegt. Also betrat ich voller Unbehagen den Supermarkt. Noch kurz ein Blick über die Schulter in Richtung Freiheit, denn jetzt war ich über Stunden eingesperrt.

Was ich besonders nervig in so einem Supermarkt finde, ist die Tatsache, dass es da nichts gibt, was mich besonders interessiert, und wenn du dann mal kurz vor die Tür möchtest, um eine zu rauchen, sagt der momentane Marktleiter, also meine Frau entschieden „Nein!".

Ich freue mich immer, wenn der erste Einkaufswagen so voll ist, dass bereits die Hälfte wieder rausfällt; denn dann muss ich nach draußen, um den zweiten Einkaufswagen zu holen. Heimlich genehmige ich mir bei dieser Gelegenheit schnell ein paar Züge Nikotin. Doch dann muss ich husch wieder zurück in diese Höhle der Lebensmittel und Sonderstände.

Da meine Frau in diesem Supermarkt Stammgast ist und alle Mitarbeiter persönlich kennt, können wir den ersten überfüllten Einkaufswagen im Lager des Ladens erst mal parken. Meine Frau ist auch die einzige Kundin, die die Mitarbeitertoilette benutzen darf.

Irgendwann, nach gefühlten Ewigkeiten, schieben wir dann alle überfüllten Einkaufswagen in Richtung Kasse. Ein leichtes Aufatmen meiner gequälten Seele. Doch der Horrortrip ist noch lange nicht vorbei; denn meine Frau ist sehr gutmütig und so lässt sie jeden vor, der weniger im Einkaufswagen hat als wir, das heißt, bei fünf überfüllten Einkaufswagen, dass wir nach dem Schließen des Supermarktes dann endlich bezahlen können.

Draußen ist es bereits dunkel. Der Parkplatz, der tagsüber überfüllt war, hat sich geleert bis auf unseren Wagen. Die gesamte Menschheit sitzt gemütlich beim Abendessen, während ich das Auto mit all dem Mist belade, der für sie unverzichtbar ist. Ich kämpfe mit dem Problem, dass ich nicht alles, was sie so eingekauft hat, im Auto unterbringe. Für all das Zeug bräuchten wir einen Siebeneinhalbtonner. Manchmal beschleicht mich das Gefühl, dass meine Frau Angst hat, dass wieder Lebensmittelkarten eingeführt werden, da der dritte Weltkrieg vor der Tür steht. Ganz ehrlich, ich habe nachgeschaut, vor unserer Tür steht nichts und niemand.

Nun nach unendlichem Einräumen, wieder Ausräumen, neu Einräumen schaffe ich es irgendwann mit Gewalt, die Türen und den Kofferraum zu schließen.

Endlich in Richtung Heimat! Doch auch dies bereitet mir keine Freude; denn das, was im Wagen jetzt gequetscht eingelagert ist, muss ich ja auch wieder ausladen und ins Haus buckeln.

Habe ich dann dies endlich alles erledigt, stelle ich mit Schrecken fest, dass auch der Kühlschrank viel zu wenig Fassungsvermögen bietet. Also, mal wieder alles umpacken und neu stapeln. Irgendwann ist auch dies über Stunden erledigt und ich öffne mein erstes Bier, fahre meinen PC hoch, um endlich zu entspannen, doch bevor ich meinen Kopfhörer auf den Ohren habe, sagt meine Frau: „Danke, Tommy, dass du mir beim Einkauf geholfen hast. Ich bin total müde. Bitte hör jetzt nicht wieder über Stunden Musik! Du weißt, dass ich nicht schlafen kann, wenn du am PC sitzt."

Nachdem sie mir den Tag geklaut hatte, wollte sie mir auch noch meinen Abend rauben. Nun, ich bin dann nachts um halb vier entspannt ins Bett getorkelt. Sie hatte bereits über Stunden geschlafen und mich nicht vermisst. Dieses eine Mal war ich ihr echt dankbar dafür.

Dicke Luft

Was ich euch noch nicht mitgeteilt habe, als wir heute im Stall ankamen und das Büro betraten, spürte ich gleich dicke Luft.

Pferdemama war total neben der Spur. Die sonst liebevolle, zärtliche Umarmung fiel recht kurz aus. Nicht mal der Kasten Bier, den wir mitbrachten, hat sie besonders interessiert. Also, nicht dass Pferdemama mit uns sauer war, ganz im Gegenteil. Ich würde mich auch niemals trauen, sie zu verärgern. Nein, sie lag im Argen mit Gott und der Welt, doch vor allem mit einigen Mitmenschen.

Nach dem zweiten Bier fing ich an, bei all dem Gemecker und lautstarken Gestikulieren mich so richtig zu amüsieren. Meine ganze Aufmerksamkeit galt nun nur noch ihr. So saß ich da und bewunderte ihr Talent im Frustmitteilen. Ihre Körpersprache war so genial, dass ich mich wie in einer Comedy Show fühlte. Dann wurde es noch besser; denn sie sagte so in den Raum hinein: „Scheiße, jetzt habe ich mit einem Trottel auch noch Reitunterricht."

Sie ging, ohne nach rechts oder links zu schauen, auf die Tür zu. Hätte irgendetwas im Weg gestanden, wäre es jetzt nur noch Schrott. Mit allem Mut, den ich aufbringen konnte, stellte ich mich ihr in den Weg und hielt sie auf.

„Allerliebste Freundin", sagte ich zu ihr, „bitte, mach ganz kurz Gesichtsgymnastik, denn wenn du mit diesem Gesichtsausdruck in die Reithalle gehst, hast du nicht nur einen Kunden verloren, sondern dein Pferd wird flüchten und hier nie wieder auftauchen."

Ganz ehrlich, wenn Pferdemama so auf Touren läuft, habe ich sie ganz besonders lieb. Allerdings bin ich auch stets um meine Sicherheit besorgt.

König Tommy der Erste seines Namens

Was ich euch noch nicht mitgeteilt habe, eigentlich wollte ich mein Leben lang ein König sein.

Aber, Tommy, warum denn liegt dir so viel an Macht, Ruhm und Herrlichkeit?

Nein, an all dem liegt mir nichts. Aber ein König bestimmt den Tag und kann Nervensägen enthaupten lassen.

Ganz ehrlich, was habe ich denn zu sagen oder zu bestimmen? Nichts!

Als Mann der Familie stehe ich immer hinten an. Wenn meine Frau und mein Junior sinnlos diskutieren und ich sie höflich bitte, die Schnauze zu halten, bekomme ich als Antwort „Schatz setze deinen Kopfhörer wieder auf."

Als König würde ich mit den Fingern schnipsen und meine Schergen würden beide sofort in den Kerker sperren. Am nächsten Morgen würde ich dann entscheiden, ob ich gnädig bin oder auch nicht.

Ach ja, der Morgen.

Meine Bediensteten würden mir das Frühstück ans Bett bringen und höflich fragen, ob ich gut genächtigt habe. In meinem nicht königlichen Leben stehe ich auf, wecke den Rest der Familie und freue mich, wenn sie sich dann dreißig Minuten später endlich erhoben haben.

Als König wäre dies alles so viel einfacher. Ich müsste auch nicht in die Firma. Ein paar Staatsgeschäfte am Vormittag, dann das verdiente Faulenzen, und so ganz nebenbei sich mal um die Mätresse kümmern.

In meinem nicht königlichen Leben bedeutet Mätresse gleich Nudelholz und das kann verdammt wehtun.

Überhaupt all der Stress! Als König brülle ich einfach nur „Cut" und jeder hält die Fresse. Wie ruhig könnte mein Leben verlaufen als König!

Nun gut, wenn ich so Filme schaue, wo es noch echte Könige gab, gäbe es da einiges, was ich sofort ändern würde.

Also, zunächst einmal die Kleidung. Also wirklich, die sehen in ihren Klamotten aus wie Witzfiguren, echt fürchterlich.

Ein König hat in einem farbenfrohen schwarz zu erscheinen. Betont auch die Figur, meine ich. Den gesamten Hofstaat würde ich sofort auf null reduzieren. Was will man mit diesen vielen redebedürftigen Schmarotzern? Die braucht doch keiner.

Ganz im Gegenteil ein König braucht vor allem Ruhe; denn er muss darüber nachdenken, mit welchem Land er Frieden halten muss und welches Land er angreifen möchte. Über Finanzen muss man als König auch nicht nachdenken. Dafür hat man ja sein Volk, das man zur Ader lassen kann.

König Tommy der Erste seines Namens, klingt nicht nur geil, fühlt sich auch geil an.

Ich wäre durchaus bereit, erst mal klein anzufangen. Auch als König muss man ja lernen, und da die Schule mich nicht darauf vorbereitet hat, ein König zu sein, eigentlich hat die Schule mich auf nichts vorbereitet, was für das Leben wichtig ist, sondern sie lehrte mich nur dämlichen Schwachsinn.

Also, auch ein König muss natürlich klein anfangen, und so wären zu Lernzwecken meine Familie mein Volk und meine Nachbarn die fremden Länder.

So müsste ich also Kerker für die Familienmitglieder bauen und Kanonen gegen die Nachbarn gießen. Ganz ehrlich, dieser Arbeitsaufwand ist mir einfach zu anstrengend.

War aber ein geiler Gedanke!

Klimawandel

Was ich euch noch nicht mitgeteilt habe, ich habe fürchterlichen Stress mit dem Ordnungsamt.

Eigentlich habe ich ständig Stress mit dem Ordnungsamt; denn als Hausbesitzer bin ich verpflichtet den Gehweg zu fegen und im Winter den Schnee zu beseitigen.

Nun, mir gehört das Haus doch gar nicht. Es gehört meiner Frau, und obwohl ich damit aus dem Schneider wäre, werde ich vom Ordnungsamt immer wieder angegriffen.

Dabei komme ich doch meiner Pflicht nach, alle zwei Monate fege ich den Gehweg. Dass in der Zwischenzeit die Bäume der Meinung sind, ihre Blätter so einfach in die Gegend fallen zu lassen, dafür kann ich doch nichts.

Auch kümmere ich mich selbstverständlich im Winter um den Schnee. Ist ja auch wichtig. Ich erwarte dies doch auch von anderen Hausbesitzern. Aber es schneit im Winter doch gar nicht mehr in unserem Land. Es schneit dann so im April oder Mai, und da ist Frühling. In der Satzung steht etwas von „im Winter Schnee beseitigen". Vom Frühling steht da nichts. Das will die Frau vom Ordnungsamt einfach nicht begreifen. Bis jetzt konnte ich mich trotz alledem mit der Frau vom Amt immer gütlich einigen. Gut, die Schmiergelder musste ich immer irgendwo anders einsparen.

Doch diesmal ist es anders, ich bekam einen Brief mit einem offiziellen Bußgeld. In diesem Brief steht, dass ich gegen die wichtigste Satzung verstoßen habe. Man prangert mich der Ruhestörung an.

Nein, Freunde, ich habe diesmal nicht bei offenen Fenster lautstark Heavy Metal gehört, sondern ich habe nur Rasen gemäht. Das Wetter war mild und so zog ich nach den ersten zwei Tassen Kaffee mir T-Shirt und Shorts an und mähte den Rasen.

Da ich nun mal die ganze Woche arbeiten muss, mein Junior mehr mit seiner Freundin beschäftigt ist und meine Frau nicht weiß, wie der Rasenmäher funktioniert, habe ich doch nur wenige Tage im Jahr, wo ich solche Sklavenarbeiten erledigen kann. Ich persönlich finde es aber sehr wichtig, dass man versucht, das Grundstück, soweit man kann, in Ordnung zu halten.

Da ich mich im Recht fühlte, ging ich zum Ordnungsamt, wedelte freundlich mit dem Brief und fragte, was dieser Scheiß nun wieder soll.

Freunde, diesmal komme ich nicht mal mit Schmiergeld aus der Sache raus; denn das Ordnungsamt hat zwei schriftliche Beschwerden von Nachbarn. Diese lieben Nachbarn haben sich doch tatsächlich darüber beschwert, dass ich durch das Geräusch des Rasenmähers sie beim weihnachtlichen Grillen gestört habe.

Gleichberechtigt

Was ich euch noch nicht mitgeteilt habe, ist, was passierte, als ich eben in die Küche wanderte.

Jeder, der mich kennt, weiß auch warum. Also, wie ich eben in die Küche wanderte, kam ich am Klo vorbei. Der Raum war dunkel, obwohl meine Frau diesen Raum gerade in Beschlag nahm. Da auch ich den Drang verspürte, diese Räumlichkeit aufzusuchen, sagte ich so in den Flur: „Schatz, du kannst das Licht gleich anlassen."

Dieser Joke erreichte nicht ihr Gehirn, denn sie sagte: „Ich habe doch gar kein Licht an."

Ganz ehrlich, wenn ich ohne Licht das Klo benutzen würde, bekäme ich gleich Ärger.

„Dann kann ich ja heute Nacht noch den Boden im Klo wischen", wäre dann ihr liebevolles mich Anmeckern.

Ganz ehrlich, manchmal verstehe ich sie einfach nicht. Warum macht sie Sachen, die ich nicht darf?

Wenn ich mal kurz meine Jacke über die Stuhllehne hänge, weil ich gleich nochmal los muss, füllt ihr bissiger Satz den Raum: „Musst du denn überall alles liegen lassen!"

Wenn sie Hunderte von Outfits im Wohnzimmer stapelt und ich auch nur einen kurzen, wenn auch schrägen Blick darauf werfe, sagt sie nur: „Ich kann mich noch nicht entscheiden."

Wenn ich das Wort „gleich" benutze, egal bei welcher Gelegenheit, begrenzt dies einen Zeitraum von einer bis fünf Minuten. Bei ihr ist der Begriff „gleich" nicht zeitlich gebunden.

Wenn ich abends mein Bier trinke und Musik höre, bezeichnet sie mich als suchtgefährdet.

Ihren Konsum des deutschen Fernsehprogramms verteidigt sie allerdings als normal und nicht gefährlich.

Wie gesagt, ich verstehe das nicht.

Heute redet jeder von gleichberechtigter Partnerschaft. Ich persönlich unterstütze dies auch; denn ich möchte als Mann die gleichen Rechte wie eine Frau haben.

Auf alle Fälle möchte ich endlich mal im Dunkeln pinkeln dürfen. Ich stelle mir das verdammt prickelnd vor.

Ich fände es auch ziemlich cool, mal das Wohnzimmer mit meinen schwarzen Klamotten vollzupacken. Dann wäre der Raum doch endlich mal mit ehrlicher Farbe geschmückt in diesem tristen, grauen Alltag.

Toll wäre es auch zu sagen „Schatz, ich gehe gleich schlafen", um mir dann in Ruhe noch fünf Biere aufzumachen.

So richtig geil fände ich es allerdings, nackt durch die Wohnung zu laufen, mit Tränen in den Augen und immer wieder den Satz zu jammern: „Ich weiß einfach nicht, was ich anziehen soll. Jedes schwarz sieht so anders aus."

Ja, ich würde mir so sehr wünschen, endlich gleichberechtigt zu sein.

Lange und sinnlos reden

Was ich euch noch nicht mitgeteilt habe, ich sitze so entspannt unter meinem Kopfhörer, da betritt mein Junior das Wohnzimmer, nimmt sich wie selbstverständlich eine Zigarette aus meinem Päckchen und qualmt gemütlich auf meine Kosten.

Ich rege mich darüber seit Jahren schon nicht mehr auf, bin es einfach nur gewohnt, da der arme Kerl ja nie wirklich Geld hatte. Sein Taschengeld war recht dürftig. Wie auch soll ein junger Mann mit dreihundert Euro Taschengeld pro Monat in diesem geldgeilen Dschungel heutzutage überleben?

Obwohl, seit er eine Ausbildung macht, hat er mehr Taschengeld als ich. Hat er allerdings für sich noch nicht begriffen.

Okay, vielleicht will er es auch nicht begreifen; denn Papas Zigaretten sind allemal billiger als die von der Tanke.

Nun, nachdem er meine Zigarette genüsslich geraucht hatte, verzog er sich wieder in seine Räumlichkeit. War mir nur recht; denn ich wollte meiner Frau noch einen Text vorlesen. Aber seit Stunden vergewaltigt sie mal wieder ihr Handy.

Mehrmals hatte ich das Gefühl, dass dieses Gespräch endlich beendet ist; denn trotz meines Kopfhörers höre ich auch noch ihre Stimme. Ich weiß wirklich nicht, ob mein Kopfhörer zu leise ist oder ihre Stimme zu laut. Ich habe dazu zwar meine Meinung, aber ich werde sie hier nicht kundtun. Im Moment versuche ich jeden Ärger mit ihr zu vermeiden.

Also, mehrmals nahm ich meinen Kopfhörer von den Ohren, holte tief Luft, um sie anzusprechen, und atmete wieder ohne Worte aus, da ich feststellte, nachdem man sich am Phone schon mehrmals verabschiedet hatte, dass ein neues Thema das Auflegen unmöglich machte.

Also, so ein Gespräch hält sich immer an die gleiche Struktur. Es beginnt mit dem Thema Pferd. Dies dauert so zirka, na ja halt viele Stunden. Meistens wechselt das Gespräch dann zu dem Heimatort oder Heimatland, wo der andere Gesprächsteilnehmer wohnt. Auch hier vergeht wieder sehr viel Zeit; denn der andere wohnt ja in so einer herrlichen Idylle. Oder aber das genaue Gegenteil ist der Fall, dann wird der Thema Krankheiten abgearbeitet. Es folgen mehrere nebensächliche Themenpunkte, ehe man sich schließlich zu verabschieden beginnt. Nach dem fünften „Bis morgen, und „Lass es dir gut gehen" folgt dann ein „Ach, was dir noch schnell sagen wollte."

An diesem Punkt weiß ich, dass höchstens die Hälfte des Gesprächs vorüber ist. Wo nehmen Frauen nur die Kraft und die Atemluft her, so lange und sinnlos zu reden?

Nach einem Arbeitstag habe ich nur einen Wunsch, der da lautet, lasst mich alle bloß in Ruhe.

Wenn ich mich dann mal in so ein Gespräch einmische, so nur aus Spaß, sagt sie geradezu verächtlich: „Ach, jetzt will mein Mann auch noch mitreden. Der hat doch davon gar keine Ahnung."

Dann schaut sie mich an und wispert liebevoll: „Ich dachte du, schläfst schon längst, sonst würde ich doch nicht so lange telefonieren."

Nun, ich sitze ja nur ungefähr einen Meter entfernt. Vielleicht sollte ich ihr zum Geburtstag eine Brille schenken.

Wie entspannt ist es doch, wenn Junior sich eine Zigarette schnorrt; denn er redet dabei nicht.

Die Odyssee

Was ich euch noch nicht mitgeteilt habe, mein Tag war eine endlose Odyssee und das, obwohl heute Sonntag ist.

Begonnen hat dieser Alptraum schon beim Aufstehen. Da meine Frau leider krank ist, stand mein morgendlicher Kaffee nicht auf dem Tisch, denn sie lag noch flach. Wie ich euch bereits mitgeteilt habe, bin ich ein technischer Versager. Ich beherrsche diesen komplizierten Kaffeeautomaten nicht.

So saß ich in meinem Sessel und sinnierte vor mich hin, ob ich den Tag ohne schwerwiegende Folgen für meinen armen geplagten Körper überstehe.

Nun, da die Natur alles perfekt geplant hat, musste sich meine bessere Hälfte irgendwann erheben; denn der Weg zum Klo war angesagt. Ich saß also in meinem Sessel und muss wohl irgendwie nicht so richtig glücklich ausgesehen haben; denn sie fragte mich: „Tommy, du siehst echt fürchterlich aus. Hast du noch keinen Kaffee getrunken?"

„Wie soll ich denn einen Kaffee trinken, wenn ich doch gar nicht weiß, wie diese Apparatur funktioniert." Obwohl ich eigentlich ein recht beherrschter Mensch bin, flossen Tränen über mein Gesicht.

Nachdem meine Frau ihre biologische Sitzung hinter sich gebracht hatte, kroch sie in die Küche und rief mir zu: „Ich zeige dir jetzt, wie du dir mit diesem Gerät einen Kaffee machen kannst. Am besten wird es sein, wenn du dir alles notierst, nicht dass du alles in fünf Minuten wieder vergessen hast."

So stand sie an der mir unverständlichen Kaffeemaschine und drückte auf die verschiedensten Tasten in einer Geschwindigkeit, dass mir schwindelig wurde. Der Lebenssaft floss ohne Probleme in meinen Becher. Sofort griff ich nach meinem Eigentum und rannte ins Wohnzimmer, um mich in meinen Sessel fallen zu lassen. Natürlich waren alle meine Bewegungen so ausbalanciert, dass kein Tropfen den Becher verlassen konnte. Und so genoss ich meinen Kaffee.

Aber auch Highlights des Lebens gehen vorbei, viel zu schnell war mein Kaffeebecher geleert. Doch bevor mich eine sinnlose Ratlosigkeit übermannen konnte, begab ich mich in die Küche und stellte mich todesmutig dem Kaffeeautomaten. Nachdem ich tief Luft geholt hatte, versuchte ich mich daran zu erinnern, in welcher Reihenfolge meine Holde diese vielen Knöpfchen gedrückt hatte. Auf Anhieb floss mein Lebenssaft in den Becher. Erhobenen Hauptes stolzierte ich ins Wohnzimmer. Leider war die beste aller Ehefrauen schon wieder eingeschlafen. So leerte ich nach dem Kaffee die Flasche Sekt mit mir allein; denn wichtige Erfolge sollte man feiern.

Nach einem kurzen Nickerchen auf meinem Sessel fühlte ich mich fit und stellte mich den häuslichen Aufgaben. Im Haushalt gebe ich mich durchaus geschickt, außer was Backen und Kochen angeht. Das kann ich einfach nicht. Selbst Eier kochen geht bei mir in die Hose. Ich versaue da jeden Topf; denn die Eier verkohlen bei mir immer. Aber ansonsten krieg ich das als Kerl schon hin.

Ich kümmerte mich erstmals um die Tiere, dann wischte ich etwas Staub, mit dem Saugen habe ich gewartet, bis sie schläft, damit sie den Krach des Saugers nicht mitbekommt.

Nachdem ich also meine häuslichen Arbeiten erledigt hatte, freute ich mich auf ein entspannendes Bier. So stieg ich die Stufen hinab in den Keller und erklomm diese Stufen mit einer Flasche in meiner Hand ohne Probleme. Genau in diesem Moment wurde meine Frau wach und bat mich, ihr einen Kakao zu machen. Kein Problem, mache ich doch gerne für sie, zumal sie mir ja heute Vormittag trotz ihrer Krankheit einen Kaffee gemacht hatte.

Und nun begann die Odyssee; denn das Kakaopulver war alle und es war noch immer Sonntag. Da meine Frau kakaosüchtig ist, was mir eigentlich ganz recht ist, denn so vergreift sie sich nicht an meinen Biervorrat, überlegte ich mir, wie ich an einem Sonntag an Kakaopulver rankomme. Ich versuchte mich in meine eigene Lage zu versetzen, wenn mein Biervorrat sich an einem Sonntag in nichts auflöst. Und sofort hatte ich die Lage wieder im Griff. Nur leider liegt die nächste Tanke von uns zu Hause dreißig Minuten zu Fuß entfernt. Doch egal, lieber einen kleinen Fußmarsch in Kauf nehmen, als den Rest des Tages ihren Entzug zu ertragen. Also zog ich Jacke und Schuhe an und machte mich auf den Weg.

Nachdem ich die Tanke erreicht hatte, öffnete ich die Tür ging direkt an die Kasse und fragte: „Wo steht das Kakaopulver?"

Der Mitarbeiter der Tankstelle schaute mich an, als wäre ich ein Alien, der gerade sein Raumschiff verlassen hat. „Dies ist eine Tankstelle und kein Supermarkt", erklärte er mir.

Nun gut, du dummes Etwas, dachte ich mir, wenn du mein Geld nicht möchtest, gehe ich halt zur Konkurrenz. Sind ja nur drei Kilometer.

Um es kurz zu machen, bei allen sieben Tankstellen, die ich aufsuchte, bekam ich immer die gleiche Antwort. Mittlerweile war ich von Zuhause so weit entfernt, dass ich nicht mal mehr wusste, wo ich mich genau befand. So sah ich mich gezwungen, mir ein Taxi zu rufen. Ich nannte dem Taxifahrer meine Adresse und hatte alle Mühe, nicht auf dem Rücksitz einzuschlafen.

Endlich zuhause angekommen treffe ich meinen Nachbarn. „Tommy, wo kommst du denn her? In einem Taxi? Das kenne ich von dir ja gar nicht!"

Ich stützte mich auf seine Schultern und erzählte ihm von meiner Tortour mit den unfähigen Tankstellen.

„Mensch, Tommy", sagte er, „warum hast du denn nicht bei mir geklingelt? Wegen meiner Kinder habe ich immer Kakaopulver auf Vorrat."

Auf Knien dankte ich ihm und schlürfte in unser Haus mit dem Kakaopulver in der Hand. Nachdem ich Jacke und Schuhe ausgezogen hatte, ging ich sofort in die Küche, um für mein holdes Weib endlich ihren lang und heißersehnten Kakao zuzubereiten. Sie lag noch immer auf dem Sofa und fragte, wo ich so lange war.

Ich erzählte ihr kurz, welch schwieriges Unterfangen es war, ein Kakaopulver zu bekommen.

„Ganz ehrlich Schatz", sagte sie trocken, „mir ist jetzt eigentlich mehr nach einem Tee zumute.

Jahreswechsel

Was ich euch noch nicht mitgeteilt habe, heute ist der Tag, der sich Jahreswechsel nennt.

Der letzte liegt doch noch gar nicht so lange zurück. Ab einem gewissen Alter zieht man nicht mehr durch Bars, Musikkneipen oder irgendwelchen Puffs. Nein, ganz gemütlich wie im Altersheim die Füße auf den Tisch mit einem Glas Selters in der Hand, im Fernsehen den traditionellen Rückblick auf das vergangene Jahr anschauen, so vor sich hin brabbelnd „war das gestern oder im Sommer?" Dann folgt in der Glotze der Höhepunkt des endenden Jahres, Schlager pur. Ganz ehrlich noch beschissener kann ein Jahr nicht enden beziehungsweise neu beginnen.

Nun, mein Tag des Jahreswechsel begann um sechs Uhr mit Aufstehen, für mich persönlich eine sportliche Höchstleistung nach vier Stunden Schlaf. Aber leider nimmt die Firma keine Rücksicht auf mein Nachtleben. Also Kaffee tanken und malochen gehen.

Irgendwann war der Arbeitstag erledigt. Auf dem Heimweg am Nachmittag, verpulverten die ersten Mitmenschen bereits ihr Monatsgehalt in den Himmel. Nachdem man daheim angekommen ist, sich ordnungsgemäß zurückgemeldet hat, stellt man sich die Frage, halte ich auf Bestellung noch so lange durch?

„Tommy, ich freue mich, dass du schon da bist. Hatte noch gar nicht mit dir gerechnet!"

Ganz ehrlich ich hatte ihr heute früh gesagt, wann ich nach Hause komme. Bin sogar fünf Minuten zu spät.

Ab dem neuen Jahr werde ich ihr alles aufschreiben. Das hat auch den Vorteil, dass ich weniger reden muss.

„Wollen wir erst mal einen Kaffee trinken?", fragt sie dann. Ich war bereits auf dem Weg in den Keller, um mir ein Bier zu holen.

„Tommy, wenn du jetzt schon ein Bier trinkst, hältst du doch bis Mitternacht nicht durch!"

Solche Sätze pflege ich zu ignorieren. Ich stelle vielmehr mein Bier auf den Schreibtisch und fahre den PC hoch.

„Tommy, heute ist Silvester. Ich hatte eigentlich gedacht, dass wir etwas gemeinsam machen."

Ich schaue sie an und spüre, dass sie es ernst meint.

„Okay, Schatz, du hast natürlich recht. Entschuldige, ich habe noch nicht so richtig für mich registriert, dass heute ja Jahreswechsel ist. Ich werde sofort eine Flasche Sekt für dich öffnen. Setz dich schon mal auf dein Sofa! Ich schmeiß auch gleich eine geile Heavy-Metal-CD in den Player."

Ein Blick in ihr Gesicht signalisierte mir, dass ich irgendwie etwas Falsches gesagt hatte.

„Tommy, ich wollte etwas mit dir zusammen machen und nicht Heavy Metal hören! Außerdem weißt du doch, dass ich keinen Sekt trinke."

„Okay, Mäuschen, dann mache ich dir halt einen Kakao. An was hast du denn so gedacht, als du sagtest, irgendetwas zusammen machen?"

„Ich weiß nicht, halt etwas zu zweit."

„Schatz, geile Idee, gehe schon mal ins Schlafzimmer! Ich dusche nur schnell."

Irgendwie spürte ich sofort, dass ich schon wieder total daneben lag mit meinem Jahresende-Highlight.

„Gut Schatz", korrigierte ich, „da wäre die Möglichkeit, gemütlich Mensch ärgere Dich zu spielen oder sich sinnlos einen Film anzuschauen oder wir könnten uns auch an den Tisch setzen und beten."

„Tommy, was bist du denn wieder so angepisst? Ich meine doch nur, dass es schön wäre, zum Jahresende etwas gemeinsam zu machen. Das ganze Jahr über bist du doch nur mit deinen Texten beschäftigt."

Plötzlich wurde es draußen laut. Die Nachbarn zündeten ihre Raketen. Es war Mitternacht. Durch das sinnlose Diskutieren hatten wir nicht bemerkt, wie schnell die Zeit verrann. Ich nahm meine Frau in den Arm, hauchte ihr einen zärtlichen Kuss auf die Stirn und wünschte ihr ein schönes und glückliches neues Jahr.

„Schatz", sagte ich zu ihr, „ich hoffe du bist glücklich, dass ich zum Jahresende nur für dich da war und mir die Zeit nahm, mit dir intensiv zu reden."

Sie schaute mich mit einem Blick an, den ich bis heute nicht zu deuten wusste.

Eine kleine Liebeserklärung

Was ich euch noch nicht mitgeteilt habe, irgendwie bin ich unzufrieden mit mir.

Aber dieses Gefühl verstehe ich irgendwie nicht. Habe ich doch gerade in den letzten Wochen so viel dazugelernt. Ich beherrsche nach Jahren unseren Kaffeeautomaten, so dass ich nicht mehr auf meine Frau angewiesen bin. Was das Abendessen angeht, habe ich mit dem Besitzer der Pizzeria ein kostengünstiges Abonnement abgeschlossen, so dass meine Frau nicht jeden Abend für mich kochen muss. Natürlich ziehe ich das Geld, das die Pizzeria bekommt, vom monatlichen Kostgeld ab. Auch habe ich Kakaopulver auf Vorrat gekauft, so zirka für drei Monate. Aber irgendwie habe ich dennoch das Gefühl, dass mir etwas fehlt. Dieses Gefühl ist mir völlig fremd.

„Schatz", fragte ich meine Frau, „habe ich mich in den letzten Wochen verändert?"

Nach einem fast schon abwerteten Blick antwortete sie: „Eigentlich nicht. Du bist noch immer die gleiche faule Socke wie seit Jahren schon. Gut, in den letzten Monaten hast du immer weniger geredet, aber wahrscheinlich sind deine Stimmbänder etwas schneller gealtert als der Rest deines Körpers."

Nicht dass ihre Aussage mich besonders getroffen hätte, schon seit einiger Zeit liegen wir beide auf der Lauer, um uns gegenseitig mit Worten zu erschießen. Doch ihre Aussage brachte mich nun auch nicht weiter.

Ich saß unter meinem Kopfhörer, doch diesmal konnte selbst die Musik mich nicht ins seelische Gleichgewicht bringen.

Plötzlich, so ganz ohne Vorwarnung war unsere eine Hündin der Meinung, mir mal wieder tierisch auf den Sack zu gehen und nervte mein ohnehin ziemlich angegriffenes Nervenkostüm.

Genau in diesem Moment platzte in mir die Bombe der Erleuchtung. Meine Frau und ich waren nicht mehr aufeinander angewiesen; denn ich beherrschte den Kaffeeautomaten und sie nun endlich nach Jahren den DVD-Player. Eine absolut neue Situation in unserem gemeinsamen Leben! Also mal wieder von vorn beginnen und lernen, hatte ich doch so gehofft, all so einen Scheiß hinter mir zu haben. Aber nein!

Sofort habe ich mit meiner Frau über meine neue Erkenntnis gesprochen. Das erste Gespräch seit Tagen.

„Ja, ich glaube, da hast du recht", sagte sie zu mir, „wir beide haben über die Jahre gelernt selbstständig zu sein und so brauchen wir uns gegenseitig eigentlich nicht mehr. Aber ganz ehrlich, wenn du mir den Kakao machst, schmeckt er mir einfach tausendmal besser, als wenn ich ihn mir selber mache."

Shit happens! Jetzt bin ja wieder in der alten Tretmühle gefangen, aber eigenartigerweise bin ich nicht mehr unzufrieden.

Es ist halt ein schönes Gefühl, wenn man gebraucht wird.

P.S.: Den DVD-Player beherrscht meine Frau noch immer nicht.

Wie ein Elfmeter

Was ich euch noch nicht mitgeteilt habe, jeden Tag in der Firma, wenn mich die Müdigkeit mal wieder überfällt, schwöre ich mir selbst, heute Abend endlich mal rechtzeitig ins Bett zu gehen.

Leider kommt aber immer das Gleiche dazwischen, meine Frau. Nicht, dass sie mich davon abhält, ins Bett zu gehen, ganz im Gegenteil, sie bittet mich ab einer bestimmten Stunde ständig, das Bett aufzusuchen. Doch mein recht kurzer Feierabend rast in Schallgeschwindigkeit an mir vorbei.

Wenn ich den Schlüssel im Schloss drehe, die Haustür hinter mir schließe, mich ordnungsgemäß daheim angemeldet habe, dass auch jeder weiß, dass ich zu Hause bin, tritt meine Frau bereits in das erste Fettnäpfchen. Nun, das bin ich gewohnt, doch sofort beginne ich jeder ihrer Schritte genau zu beobachten; denn spätestens nach dem dritten Fettnäpfchentreffer beginnen bei mir alle gemeinen und ziemlich fiesen Instinkte zu erwachen. Der Vorsatz, früh ins Bett zu gehen, ist auf unbestimmte Zeit verschoben; denn in meinem Kopf formt sich bereits ein Satz nach dem anderen. Schnell den PC hochfahren, ein Bier auf den Schreibtisch, den Kopfhörer auf die Ohren, tief einatmen und dann über die Tastatur all meinen Kopfsalat abspeichern.

Worauf ich echt stolz bin, meine Frau hat letztes Jahr den ersten Preis im Fettnäpfchenparkour gewonnen, und zwar mit über zweihundert Punkten Abstand zum zweiten Platz.

Die Siegertrophäe steht im Wohnzimmer in der Vitrine. Ich schaue mir die Trophäe öfter an; denn ich freue mich echt für sie über diesen sportlichen Höhepunkt in ihrem Leben.

Ich finde es auch toll, dass sie nach ihren Sieg nicht die Hände in den Schoss legt und zu Hause weiter sportlich in jedes

Fettnäpfchen tritt; denn Bewegung ist für sie sehr wichtig, da sie einen Schreibtischjob hat.

Nun, heute Abend kam ich wie üblich nach Hause. Nachdem ich mich ordnungsgemäß zurückgemeldet hatte, hörte ich nur ein leises Grunzen. Ich versuchte mich im Dunkeln zu orientieren und ging in Richtung des Geräusches. Da lag sie auf dem Sofa mit Schüttelfrost und sämtlichen Anzeichen einer Erkältung. Es ging ihr richtig dreckig. Sie tat mir echt leid, dieses Häufchen Elend da auf dem Sofa liegend.

„Ich leide mit dir mein Schatz", diese Worte wollten im ersten Moment meiner Kehle entweichen, aber sofort verschluckte ich diesen Satz; denn, wenn ich mit ihr leide, bin ich ja genauso krank wie sie. Dann liege ich neben ihr auf dem Sofa, bewegungsunfähig und fühle mich genauso beschissen wie sie. Aber einer muss sich ja um Tiere und Haushalt kümmern und natürlich um das kranke Kind.

Ja, meine Frau ist wie ein kleines Kind, wenn sie krank darniederliegt, wehleidig und mit dem Benehmen einer total verzogenen Göre.

Aber da ich sie nun schon über so viele Jahre kenne und dies mir nicht neu ist, bemuttere ich sie, so gut ich kann.

Nun, also heute Abend keine neuen Texte; denn meine Inspiration liegt krank auf dem Sofa und nur ihre Fettnäpfchentreffer nähren mein Gehirn. Jedes ihrer Fettnäpfchen ist wie ein Elfmeter, egal, ob verwandelt oder nicht, es ist ein Geschenk.

Und ganz ehrlich, ohne die Fettnäpfchentrefferquote von einhundert Prozent wäre nie eine dieser kleinen Erzählungen entstanden. Dafür danke ich ihr, meiner Muse.

Soweit will ich einfach nicht denken

Was ich euch noch nicht mitgeteilt habe, der Tag hat sich aufgebraucht und fleht um seinen verdienten Feierabend.

Ich höre auch bereits mein Bett rufen, doch da ich sehr ignorant sein kann, tue ich so, als ob ich nichts mitbekommen würde. Meine Frau könnte von meiner Ignoranz ein Lied singen. Nein, ich glaube sie könnte davon eine CD-Serie auf den Markt bringen.

Es bleibt die Frage, wo ist der Tag geblieben? Habe ich doch eben erst meinen morgendlichen Kaffee getrunken und nun ist bereits der zweite Kasten Bier leer.

Irgendetwas stimmt an dieser Zeiteinteilung einfach nicht. Wenn ich in der Firma bin, hat so ein Tag gefühlte vierzig Stunden. Daheim hat dieser Tag aber nur ein paar Minuten für mich übrig. Hier stimmt irgendwie das Verhältnis nicht.

„Tommy, willst du mal wieder jammern?", höre mal wieder eure Stimmen in meinem Kopf.

Nein, will ich nicht, war nur so ein Gedanke, der mir durch meinen kranken Kopf ging.

Der Tag ist vorbei und morgen ... Doch so weit will ich einfach nicht denken.

Nun, auch dieser Tag hat seinen Feierabend verdient, und ich werde ihn ihm gönnen. So bette ich mich jetzt, sehe dem Ende entgegen und stelle mich der Nacht.

Und morgen, so ich hoffe, morgen werde ich dann in der Lage sein, ein neues Büchlein für Euch zu schreiben.

Denn dieses geht seinem Ende entgegen wie dieser Tag.

Ende Teil II

Was ich euch noch nicht mitgeteilt habe, dies ist das Ende. Das Ende von Teil II meiner Geschichten.

In einem Monat habe ich dieses Büchlein geschrieben, das heißt, in Schallgeschwindigkeit.

Nun bin ich erst mal hohl im Kopf. Aber der Drang zum Weiterschreiben steckt noch tief in mir. Doch erst mal einen neuen Titel finden und dann meine Frau fragen, ob sie denn bereit wäre, als Inspiration und Muse weiter zur Verfügung zu stehen.

Nun denn, meine Freunde, werde ich mich kurz verabschieden in der Hoffnung, bald wieder bei euch zu sein.

Wie ich bereits am Anfang schrieb, nach dem Ende ist vor dem Ende, und so endet nichts und alles beginnt von vorn.

In diesem Sinn,

Old Tommy

Nachsatz

Was ich euch noch nicht mitgeteilt habe,
ist recht einfach und kurz, so ohne Umschweife
auf einen kleinen Fetzen Papier geschrieben.

Ich teilte euch alles mit, was so geschah,
jede noch so kleine tägliche Begebenheit,
ich ließ euch teilhaben an jedem Tropfen Inspiration.

Was ich euch noch nicht mitgeteilt habe,
und dies finde ich für mich besonders lustig,
ich habe nur so geschrieben, aber nichts mitgeteilt.

Teil III

Wusstet ihr eigentlich schon

Ein neuer Titel

Wusstet ihr eigentlich schon, dass dies der Beginn eines neuen Büchleins ist?

Nun, vor langer Zeit, also genau gerechnet vor zwei Tagen, endete mein letzter Band und da ich euch versprochen hatte, nur eine kurze Dichterpause einzulegen, sitze ich nun wieder vor meinem Freund, dem PC.

Allerdings brauchte ich die Auszeit, nein, nicht um meinen Kopf zu durchlüften, sondern um meinen Biervorrat aufzustocken.

Schon gestern Abend überlegte ich mir einen Titel für dieses neue Büchlein, aber irgendwie hatte ich keine zündende Idee. So ging ich unbefriedigt schlafen.

Nachdem ich heute in der Firma ankam und sofort in unsere kleine Küchenkantine eilte, wegen meiner Kaffeesucht und einem belegtem Brötchen, war unsere kleine Küchenkantine schon mit mehreren Kolleginnen gefüllt. Normalerweise sind nie so viele Personen zur selben Zeit in diesem Raum und daher saß eine Kollegin genau auf dem Stuhl, den ich sonst benutze.

Nun meinem Alter entsprechend habe ich mir gewisse Gewohnheiten, böse Zungen sagen Macken, angeeignet und daher bin ich der Meinung, wenn ich diesen Stuhl immer nutze, gehört er eigentlich mir. So stellte ich mich vor den Stuhl und schaute meine Kollegin recht streng an. Irgendwie hat sie meinen Blick falsch gedeutet, denn sie sagte: „Tommy, warum setzt du dich nicht? Ein Kaffee im Stehen ist doch kein richtiger Tagesbeginn."

Da ich auf der einen Seite zwar ein Gewohnheitsmensch bin, aber auch tolerant und flexibel, setzte ich mich notgedrungen auf einen mir völlig fremden Stuhl. Für einen kurzen Moment war mein Kopf mit Rachegedanken gefüllt, doch nach Kaffee und Brötchen verzieh ich meiner Kollegin ihre grobe Verfehlung.

So saßen wir in froher Runde, die Mädels gingen ihrer Lieblingsbeschäftigung nach. Sie redeten ohne Pause. Nebenbei legte ich Papier und Kugelschreiber auf den Tisch.

„Tommy, schreibst du jetzt alles mit? Erzählst du dann auch etwas über uns in deinen Geschichten?"

„Nein", sagte ich, „aber mir fehlt noch immer der Titel für mein neues Büchlein, und vielleicht habe ich ja bei eurem Gelaber einen Geistesblitz, Obwohl, so manche Aussage von euch könnte auch eine Inspiration sein."

Meine Chefin, die sich mittlerweile auch zu uns gesellt hatte, sagte dann zu mir: „Tommy, wenn du mal eine Idee für eine Geschichte hast, kannst du selbstverständlich mein Büro nutzen, um diese Geschichte in aller Ruhe auszuarbeiten."

Ich schaute sie an. „Das ist lieb von dir, damit hätte ich jetzt echt nicht gerechnet."

„Tommy", begann sie ihren nächsten Satz, „ich glaube, du hast da etwas falsch verstanden, ich wollte dir eigentlich nur klarmachen, wenn ich dich in der Arbeitszeit schreiben sehe, werde ich dir den Arsch aufreißen."

So zerplatzen Seifenblasen.

Doch egal, denn jetzt endlich hatte ich den Titel für dieses Büchlein im Kopf. Ganz heimlich notierte ich ihn mir und verließ sehr zufrieden unsere kleine Küchenkantinenrunde, um jetzt für euch, meine lieben und treuen Leser, neue Erzählungen aufzuschreiben.

Das Holzscheit und seine Folgen

Wusstet ihr eigentlich schon, es ist noch immer Winter, und der geht mir tierisch auf den Sack.

Der Sommer geht immer so schnell vorbei, kaum T-Shirt und Shorts im dem Keller ausgegraben, schon wird es wieder kalt. Der Winter ist immer so beharrlich und von sich eingenommen, dass er einfach nicht einsehen will, dass ihn keiner mag und braucht.

Irgendwie erinnert der Winter mich an so einige Mitmenschen, die die gleichen Charaktereigenschaften haben. Doch bevor ich mich jetzt in gemeinen Einzelheiten verliere, lieber zurück zum Winter.

Natürlich versuchen wir uns daheim auch im Winter das Leben angenehm zu machen. Den ganzen Tag brennen Kerzen, bedingt durch die Hunde nur LED-Kerzen, aber meine Frau heizt gleich früh den Kamin an. Dies bringt nicht nur behagliche Wärme, sondern auch ein Gefühl der Gemütlichkeit.

Doch für den Kamin braucht sie Holz und das lagert draußen. Ja, was glaubt ihr, wer das Holz reinholen darf? Genau, ich. Um es warm und gemütlich zu haben, muss ich erst mal richtig frieren.

Shit, das ist, wie wenn ich mir ein Bier aus dem Kühlschrank nehmen möchte, aber nackt eine halbe Stunde vor demselben stehe, weil ich suchen muss, wo meine Frau das Bier versteckt hat.

Über viele Jahre hatte ich versucht, den Hunden anzutrainieren, dass sie das Holz so Scheit für Scheit reinholen. Aber sie zeigten mir nur die Stinkepfote. „Alter, es ist kalt draußen, friere doch selbst." Diese verwöhnten faulen Viecher leben bei uns, ohne sich an Miete und Kostgeld zu beteiligen. Echte Schmarotzer!

Nun, so kleide ich mich in mehre Jacken und ab in die Kälte für ein paar Holzscheite. Trotz der warmen Kleidung kriecht die Kälte sofort mit aller Gemeinheit in meinen dünnen Körper. Sie schleicht sich tief unter die Haut und vertilgt mein inneres Feuer. Nachdem ich also völlig durchgefroren bin für ein paar Holzscheite, um den Kamin damit zu heizen und es ein bisschen gemütlich zu haben, läuft in der Glotze gerade eine sinnlose Diskussion über den Klimawandel und die globale Erwärmung. Bedingt durch mein Frostgefühl und wegen der dämlichen Worte dieser Weltverbesserer wollte ich den Fernseher aus der Wandverankerung reißen und ihn an die Stelle schmeißen, wo schon ein Drucker sein Dasein beendete, im Garten. Nur durch einen gezielten Schlag auf meinen Hinterkopf mit einem Holzscheit, das ich im Kampf mit der Kälte ins Warme gerettet hatte, konnte meine Frau mich stoppen.

Nachdem ich wieder zu mir gekommen war, nahm ich die Aspirin zu mir, die meine Frau bereits für mich auf den Tisch gelegt hatte. Sie fragte mich: „Tommy, warum musst du denn immer durchdrehen, wenn Diskussionen im Fernseher gezeigt werden und nicht alle deiner Meinung sind?"

„Mäuschen, mich interessieren diese Mitmenschen nicht. Auch ihre Meinungen gehen mir am Arsch vorbei. Es ist mir auch schnurzegal, dass diese Leute sich so wichtig finden, dass sie ihre persönliche Meinung in der Öffentlichkeit jedem entgegenspucken. Aber draußen ist es arschkalt und diese Penner sind gegen eine globale Erderwärmung."

„Schatz", sagte meine Frau, „ich glaube das Holzscheit, das dich am Hinterkopf getroffen hat, hat dich nicht nur kurz bewegungsunfähig gemacht, sondern auch deine Gehirnwindungen total durcheinandergebracht."

Ich habe auf ihren Satz nicht reagiert; denn ich träumte bereits von einem Sommer von Januar bis Dezember.

Zu wenig Zeit

Wusstet ihr eigentlich schon, wenn ich am Schreibtisch sitze, die Füße auf demselben geparkt, komme ich nicht an die Tastatur des Computers.

Also, die Füße auf den Boden, gerade Haltung, Bier abstellen, Zigarette in den Aschenbecher. In dieser für mich nicht gesunden Haltung schreibe ich meine kleinen Geschichten. Durch diese Haltung, die von den Orthopäden als optimal bezeichnet wird, verspannt sich bei mir der gesamte Körper, besonders der Schulterbereich und das Genick. Nun, abends bin immer noch auf Adrenalin. Da merke ich nichts. Aber morgens nach dem gequälten Aufstehen fangen dann die Probleme an.

Verspannt sein ist echt ein scheiß Gefühl. Aber da ich ja ein Kerl bin, habe ich nach kurzem Nachdenken bereits eine Lösung gefunden, sehr zum Leidwesen meiner Frau. Eigentlich wollte ich meine Frau nicht belästigen. Meine erste Problemlösung war zwar echt genial, hat aber leider nicht funktioniert. Ich setzte mich also an den Schreibtisch mit den Füßen auf demselben. Ich hatte mir an alle zehn Finger kleine Holzstäbe angeklebt, so dass ich aus gemäßigter Entfernung die Tastatur erreichen konnte. Außerdem nahm ich mir einen langen Strohhalm für das Bier. Na ja, und die Zigarette in den Mundwinkel.

Ganz ehrlich, das ging total daneben. Das Bier schmeckte fahl, der Zigarettenqualm brannte in den Augen, aber viel schlimmer war der Text auf dem Monitor. Er las sich wie eine schlechte Übersetzung aus dem chinesischen für eine gebratene Ente mit Reis ohne Gemüse, sollte doch aber eine Erzählung über meine Frau und ihr Handy werden.

Nun muss also meine Frau am Morgen nach ihren häuslichen Pflichten mir zusätzlich noch das Genick und die Schultern massieren. Ganz ehrlich, ich genieße es.

Was ich aber noch geiler finden würde, wäre eine Ganzkörpermassage. Leider fehlt uns die Zeit am Morgen dafür.

Das Handy

Wusstet ihr eigentlich schon, immer wenn ich meiner Frau eine neue Geschichte vorlesen möchte, hängt sie am Handy.

Manchmal frage ich mich, ob sie das bewusst tut, nur um meinen kleinen Erzählungen auszuweichen.

Hier mal kurz ein Rückblick auf einen ganz normalen Tag in meinem geplagten Leben.

Am Morgen, wenn der Wecker viel zu früh klingelt, da ich noch gar nicht munter bin, quäle ich mich aus dem Bett und wecke unter Gefahr für Leib und Leben meine Frau. Wenn ich dann den Tanz unter der Dusche hinter mir habe, ich muss unter der Dusche tanzen; denn sonst wird mein Körper nicht vom Wasser getroffen, da ich ja recht schmal gebaut bin.

Also nach dem Tanz unter der Dusche liegt meine Frau noch immer im Bett. Auf meine Frage „Ist der Kaffee schon fertig?" höre ich nur ein Brummen, was alles bedeuten kann, mir aber klarmacht, ich muss den Kaffee selber machen.

Nun, beim Kaffeetanken hat sie bereits ihr Handy in Gebrauch. Auf Rücksicht der frühen Stunde schreibt sie nur. Ich sitze in meinem Sessel und denke bereits an den Feierabend.

„Schatz, du bist so ruhig. Bedrückt dich etwas?", fragt sie dann.

Sorry, warum soll ich reden, wenn sie mit tausend Leuten eine Guten-Morgen-Gruß austauscht.

Dann ist es Zeit, das Haus zu verlassen und in die Firma zu fahren. Ich buckle ihr Tagesgepäck zum Auto. Also, wenn wir in den Urlaub fahren, hat sie weniger Taschen, die ich tragen muss.

Nun folgt der nervende Arbeitsalltag. Aber auch der geht zu Ende. Jetzt ab nach Hause.

Daheim angekommen melde ich mich ordnungsgemäß zurück und merke sofort, sie hängt am Handy.

„Schatz ich werde gleich das Abendessen auf den Tisch stellen. Ist bereits fertig", sagt sie dann.

Um es kurz zu machen, nachdem ich mir bequeme Klamotten angezogen, mit den Hunden den Pippispaziergang hinter mich gebracht und so andere Kleinigkeiten erledigt habe, was alles so roundabout dreißig Minuten dauert, telefoniert sie noch immer.

Also decke ich den Tisch und schneide ihr dann das Fleisch in kleine, mundgerechte Stücke, so dass sie bequem mit einer Hand essen kann; denn die andere Hand hält ja das Handy.

Nach dem Essen räume ich den Tisch ab, bringe Ordnung in die Küche. Dann endlich mein Feierabendbier. Den PC hochfahren, meinen Kopfhörer über die Ohren und endlich entspannen. Kaum, dass ich mich gerüstet habe, um zu entspannen, rüttelt etwas an meinem Schreibtischstuhl. „Schatz, du redest heute Abend schon wieder nicht mit mir."

Ja, wie denn, wenn sie andauernd am Telefon hängt? Also erzähle ich ihr kurz von meinem unwichtigen Tag in der Firma. Dann setze ich wieder den Kopfhörer auf und versuche eine kleine Erzählung niederzuschreiben. Wenn ich das hingekriegt habe und es ihr sofort vorlesen möchte, hängt sie schon wieder am Handy.

Vor der Küche II

Wusstet ihr eigentlich schon, immer wenn ich in die Küche will, nein, nicht um zu kochen, das kann ich doch gar nicht, solltet ihr aber doch schon wissen, also immer, wenn ich in die Küche will, um mir ein neues Bier zu holen, stellt sich irgendjemand mir in den Weg.

Mal ist es meine Frau, da sie am offenen Kühlschrank steht. Mal sind es die Hunde, die alle drei gemütlich nebeneinander liegen und kuscheln, was aber noch mit einem großen Schritt zu bewältigen ist. Klappt aber bei meiner Frau nicht; denn so aus dem Stand über einen Meter sechzig, sorry, so sportlich bin ich nicht.

Oder aber die Katze läuft ständig vor meinen Füßen rum. So komme ich zwar in die Küche rein, aber nicht besonders weit; denn sie umkreist meine Füße in immer engeren Kreisen. Sie will Futter. Ich habe dann die Möglichkeit, sie zu füttern oder der Länge nach Bekanntschaft mit den Bodenfliesen zu machen.

Nun haben wir ja bereits über die geniale Empfehlung gesprochen, den Bierkasten direkt neben meinen Schreibtisch zu stellen. Habe ich versucht, ging total nach hinten los; denn neben meinem Schreibtisch liegen meine Kurzhanteln.

Da mein Junior und ich uns in vielem sehr ähnlich sind, also zum Beispiel was den spärlichen Bartwuchs betrifft und noch so einiges andere mehr, hat er natürlich Angst, sein Leben seinem Vater ähnlich mit einem viel zu schmalen Körper zu beenden. Also trainiert er mit meinen Hanteln, wenn ich nicht daheim bin. Aus seinem Angstgefühl heraus schraubt er zu viel Gewichte an die Hantel, so dass er sie nur über kurze Zeit halten kann. Und da mein Schreibtischbereich begrenzt ist, fällt die überschwere Hantel in meinen Kasten Bier. Scherben in dem

Kasten, Bier auf dem Boden und Tränen in meinen Augen. Daher noch immer das Bier in der Küche.

Seit einiger Zeit bin ich am Überlegen, ob ich mich einer Leichtathletiktruppe anschließe, um über die Zeit so gelenkig zu werden, dass ich aus dem Stand über einen Meter sechzig steigen kann.

Auch kam mir der Gedanke zur Ballettschule zu gehen, um zu lernen, wie man mit kleinen Schritten durch die Küche trippeln kann, ohne die Bekanntschaft mit den Bodenfliesen zu machen.

Beide Ideen habe ich aber verworfen; denn nach meinem späten Feierabend sind sämtliche sportliche Vereine bereits in ihrem eigenen Feierabend und, ganz ehrlich, ich im rosa Ballettröckchen? Dann doch lieber der Katze Futter geben, bevor ich mir mein Bier öffne.

Die Wahrheit

Wusstet ihr eigentlich schon, meine Frau redet momentan nicht mit mir.

Sie ist echt stinksauer auf mich. Zum besseren Verständnis versuche ich es euch zu erklären.

Als meine Frau vor drei Tagen von der Firma nach Haus kam, waren im Wohnzimmer drei Bodenfliesen zerbrochen. Sofort fragte sie mich, wie das denn passieren konnte. Nun fühlte ich mich echt in die Ecke gedrängt.

„Schatz", sagte ich zu ihr, „bitte, nicht böse sein, aber der Hund hat mich echt zur Weißglut getrieben. Da bin ich total ausgerastet und habe die Hantel nach ihm geworfen." Natürlich hatte ich keine Hantel nach dem Hund geworfen. Würde ich auch nie tun. Tut dem Hund doch weh. Aber ich schämte mich einfach, ihr die Wahrheit zu sagen, wie es zum Bruch der drei Fliesen kam. Wo ich doch vor ihr immer den Kerl raushängen lasse und definitiv alles besser weiß.

Nun fragt ihr, wie sind denn die Fliesen zerbrochen?

Lasst mich noch ein paar Bier trinken, vielleicht traue ich mich dann, die Wahrheit zu sagen.

Fakt ist, dass ich die Hunde mit Strenge erziehe. Also ich versuche es zu mindestens, aber dieser eine Hund, so süß er als Welpe auch war, strapaziert mein Nervenkostüm seit seinem ersten Tag in unserem Haushalt. Also dieser Hund ist so intelligent, dass er gegen alles resistent ist. Auch ist er sehr neugierig. Das es nervt. Mittlerweile ist er fünf Jahre alt, benimmt sich aber noch immer wie ein Baby. Ich glaube, das ist von ihm Berechnung; denn ein Baby bestraft man ja nicht.

Ich kann mich erinnern, wie dieser Hund noch ein Welpe war, somit auch noch ein Leichtgewicht. Er wollte mal wieder nicht hören. So griff ich ihn mir, hob ihn in die Höhe und ließ ihn gleich wieder fallen. Das fand der Hund so geil, dass er sofort nochmal fallen gelassen werden wollte. Aber leider fiel er in das Geschäft, das er vorher verrichtet hatte, und so ergriff ich ihn, schleppte ihn die Stufen ins Badezimmer hoch. Ab in die Wanne und abduschen. Das hat ihm auch sehr gefallen. Wie gesagt, er ist gegen alles resistent. Bis jetzt bin ich mit jedem Hund klargekommen, aber bei diesem Exemplar bin ich echt ratlos.

Doch nun zu eurer Gretchenfrage, wie sind denn die drei Fliesen zerbrochen? Also ganz ehrlich, ich war zu schwach.

Ich habe wie mein Junior zu viel Gewicht an die Hanteln geschraubt und ich war der festen Meinung, das schaffst du. Nun, die drei zerbrochenen Fliesen beweisen, dass ich es nicht geschafft habe.

So, nun habe ich alles gebeichtet.

Aber in meiner Euphorie habe ich meiner Frau, ohne nachzudenken, diese kleine Erzählung vorgelesen, wie ich es mit jeder Erzählung tue. Wie blöd von mir, wollte ich doch die Wahrheit ihr verschweigen!

Nachdem ich die letzte Zeile vorgelesen hatte, erhob sie sich von ihrem Schmollsofa, nahm mich in den Arm, gab mir einen Kuss und sagte zu mir: „Du bist so ein Trottel. Die drei Bodenfliesen sind mir egal. Das kann man reparieren. Ich wusste auch, dass du niemals mit deiner Hantel nach den Hunden werfen würdest, aber dass du mich angeschwindelt hast, hat mich schon irgendwie verletzt. Du bist doch trotz deiner Schwächen oder vielleicht gerade deswegen mein Held."

Irgendwie fühlte ich mich in diesem Moment sehr beschissen, aber glücklich.

Gesprächsgezappel

Wusstet ihr eigentlich schon, ich telefoniere nicht so gern, ganz im Gegensatz zu meiner Frau.

Also, wenn ich rede, möchte ich den anderen auch sehen. Ich weiß auch immer gar nicht, was ich am Telefon so sagen soll. „Danke, geht mir gut, bis bald." Diese sechs Worte sagen doch alles aus. Aber nein, schon wird man als unhöflich eingestuft. Meine Frau würde an dieser Stelle jetzt sagen: „Er redet sowieso nicht viel und sechs Worte sind für ihn schon ein Gesprächsmarathon".

Wahrscheinlich sind mir deswegen diese vielen redebedürftigen Mitmenschen ein Dorn im Auge.

Nun, ich benutze die öffentlichen Verkehrsmittel. Nein nicht, weil ich umweltbewusst bin, sondern weil ich keinen Führerschein mein Eigen nenne. Allerdings solltet ihr dies doch wissen! Egal, ich fahre also mit Bus und Bahn und da hängt fast jeder am Handy. Morgens, wo kein Mensch wirklich munter ist. Außerdem reden die alle über die Freisprechanlage, so dass man nicht nur deren Gelaber ertragen muss, sondern auch das Gefasel des anderen Gesprächsteilnehmers. Für mich ist das akustische Umweltverschmutzung.

Da ich die Berliner U-Bahn nutze, werden diese Handygespräche auch noch in tausend verschiedenen Sprachen geführt. Manchmal frage ich mich, ob in der Berliner U-Bahn die deutsche Sprache verboten ist; denn du hörst nur irgendwelche Laute oder eigenartige Kehlkopfgeräusche. Für mich ist es ein Wunder, dass die sich damit gegenseitig verständigen können.

Okay, die Handytechnik ist ja heute schon so weit, dass man beim Telefonieren den anderen auch sehen kann. Das würde das Zappeln beim Reden erklären; denn, wenn man sich nicht so richtig durch Sprache verständigen kann, muss man eben

Hände und Füße einsetzen, um sich zu verständigen. Mir ist es schon recht häufig passiert, dass ich durch diese Art des Telefonierens immer mehr in die Ecke gedrängt wurde, gerade bei Streitgesprächen beziehungsweise Streitgezappel.

Über die Zeit habe ich mir angewöhnt, solche Gesprächszappeleien durch einen gezielten, kräftigen Bodycheck zu beenden; denn am Boden zappelt es sich nicht so gut. Da zuckt man eher und ringt nach Luft, was auch das dämliche Gelaber erschwert.

Inspiration und ihre Folgen

Wusstet ihr eigentlich schon, nein, könnt ihr ja gar nicht wissen, daher werde ich es euch natürlich sofort berichten.

Also ich sitze so an meinem PC, habe über Stunden ältere Texte mir durchgelesen, zum einen, um Fehler zu korrigieren, zum anderen, um neue Inspirationen in diesen älteren Texten zu finden, da meine Frau irgendwie zur Zeit eine gewerkschaftliche Pause hat. Auf Hochdeutsch, momentan passiert bei uns nichts, was mir Inspiration wäre. Mich beschlich so ein leichtes depressives Gefühl. Daher unterbrach ich meine Musik, nahm den Kopfhörer ab und fragte meine Frau: „Schatz, als ich diesen Band zu schreiben begann, hast du mir versprochen, mir auch für dieses Büchlein Inspiration zu sein. Aber seit Tagen passiert rein gar nichts. Worüber soll ich jetzt schreiben, wenn du schlapp machst?"

„Tommy", sagte sie zu mir, „warum gehst nicht mal nach draußen? Nur so am PC zu sitzen, macht doch einsam, du musst dich auch mal deiner Umwelt stellen. Dann hast du auch wieder Inspiration und Ideen im Kopf."

Nun, dachte ich mir, vielleicht hat sie ja recht, und so erhob ich mich und ging vor die Tür. Draußen war es stockdunkel. Nun mag es daran gelegen haben, dass es zwei Uhr nachts war. Selbst die Straßenlaternen haben bereits geschlafen. Irgendwie fühlte ich mich in so einem Film versetzt, der im zweiten Weltkrieg spielt, wo jegliche Beleuchtung wegen der feindlichen Bomber verboten ist.

In meinem Kopf hörte ich das imaginäre Brummen der Kampfbomber und in meinem Geiste sah ich die Häuser meiner Nachbarn bereits in Flammen aufgehen. In diesem Moment verfluchte ich diese perfekt verfilmten Erzählungen und ging mit einem doch recht beschissenen Gefühl wieder ins Haus zurück.

Aber meine Frau, der kleine Kobold, hatte inzwischen auch im Haus alle Lichter gelöscht, so dass ich mir meinen Weg im Dunkeln ertasten musste.

Also, an Wänden und Schränken den Weg zu meinem PC abtasten, kein Problem. Kriege ich hin. Aber den Hund, der da so am Boden lag und schlief, konnte ich nicht ertasten und so flog ich voll auf die Fresse.

Das Gelächter meiner Frau ließ mich wieder zu mir kommen. Leicht benebelt erhob ich mich und wankte ins Wohnzimmer; denn mittlerweile hatte meine Frau das Licht wieder eingeschaltet.

Nachdem meine Frau mir das Blut aus dem Gesicht gewaschen hatte und die geschwollenen Gelenke verbunden waren, konnte ich wieder an meinen PC. Sofort habe ich für euch dieses Erlebnis unter Schmerzen niedergeschrieben und wie immer meiner Frau vorgelesen.

„Tommy", sagte sie nur, „ ich bin dir immer Inspiration, selbst wenn ich nur auf dem Sofa sitze; denn du bist so dämlich, dass du nachts um zwei Uhr vor die Tür gehst, obwohl doch angekündigt war, dass wir heute Nacht wegen Wartungsarbeiten mit einem Stromausfall zu rechnen haben und die gesamte Straßenbeleuchtung für zwei Stunden abgestellt wird."

Ganz ehrlich, ich giere zwar nach Inspiration, aber nicht verbunden mit Gefahr für Leib und Leben.

Die Geschichte von den Filtertüten

Wusstet ihr eigentlich schon, unser Kaffeeautomat hat sich verabschiedet.

Nicht der daheim, sondern der in der Firma. Da aber die Geschäftsleitung nicht bereit ist, uns einen neuen Kaffeeautomaten zu spendieren, haben wir Kollegen gesammelt und uns eine Old School-Kaffeemaschine gekauft.

Nun standen wir alle ratlos vor dem Gerät; denn niemand wusste, wie man so ein Gerät zum Kaffeekochen animiert. Eine Kollegin hatte die geniale Idee, ihre Oma anzurufen, denn diese Generation ist ja mit diesen Kaffeemaschinen aufgewachsen.

„Oma", sagte sie in ihr Handy, „ich wollte dich mal was fragen. Danke, mir geht es gut. Nein, morgen schaffe ich es nicht bei dir vorbeizukommen. Oma, ich bin in der Firma. Ja, ich rufe dich heute Abend noch mal an. Versprochen! Oma, ich brauche mal kurz deine Hilfe. Wie funktioniert so eine Kaffeemaschine, die in deiner Jugend erfunden wurde? Ja, das habe ich verstanden. Warte mal kurz, Oma, ich muss das erst mal meinen Kollegen sagen."

Sie schaute uns an. „Ihr müsst erst Wasser in den Wassertank einfüllen. Nein, wo der ist, weiß ich auch nicht."

Wir schauten uns die Maschine an und entdeckten diesen Wasserbehälter. Also Stecker ziehen und das Gerät unter den Wasserhahn bugsieren. Erst später fanden wir heraus, dass man diesen Wassertank auch der Maschine entnehmen kann.

„Okay, Oma", sagte meine Kollegin in ihr Handy. „Wasser haben wir aufgefüllt. Was sollen wir nun machen? Moment, Oma!" Sie schaute von ihrem Handy auf. „Weiß jemand von Euch, was ein Kaffeefilter ist?"

Ratlos blickten wir in die Runde. Nachdem meine Kollegin das Gespräch mit ihrer Oma beendet hatte, teilte sie uns mit:

„Kaffeefilter gibt es in jedem Supermarkt. Findet man gleich da, wo auch der Kaffee steht."

„Hier ist aber weit und breit kein Supermarkt." Dieser Satz einer meiner Kolleginnen war nicht unbedingt hilfreich in dieser Situation. Ganz im Gegenteil, nun war die morgendliche Stimmung total im Arsch.

„Nun lasst doch nicht die Köpfe so hängen. Wir basteln uns schnell einen Kaffeefilter", versuchte ich sie aufzumuntern.

„Wie sollen wir das denn machen?", fragten sie mich.

„Nun, wir haben doch Massen an Klopapier, das ist wasserdurchlässig und stabil genug, den Kaffee zu filtern. Außerdem ist das Mädel aus der Deko doch ein Bastelgenie."

Das dies nicht funktionierte, brauche ich wohl nicht zu erwähnen. Die Stimmung rutschte wieder weit unter den Gefrierpunkt.

Eine Kollegin schaute auf ihre Uhr. „In fünfzehn Minuten müssen wir den Laden aufschließen. Aber ohne Kaffee geht das einfach nicht. Also legt mal alle euer Bares auf den Tisch. Ich rufe beim Bäcker an, dass er uns schnell ein paar Kaffee vorbei bringt. Hat jemand von euch einen Extrawunsch! Nein, okay, also sieben Kaffee."

Nachdem wir den Kaffee in uns reingeschüttet hatten und nun überlebensfähig waren, blieb noch die Frage offen, wo wir Kaffeefilter herbekommen.

„Ich muss heute Abend noch ins Einkaufszentrum. Mein Biervorrat ist aufgebraucht. Da besorge ich uns für morgen früh Kaffeefilter", teilte ich meinen Kolleginnen generös mit. Durch diesen einen Satz war ich der Held des Tages, was ich sehr genoss.

Der Arbeitstag verlief ohne nennenswerte Zwischenfälle. Auf die Mittagspause folgte die Nachmittagspause und dann endlich der Feierabend. Beim Verabschieden erinnerten meine Kolleginnen mich daran, dass ich Filtertüten besorgen wollte.

Nach dem üblichen Heimweg, ab in den Supermarkt. Nun stand ich vor dem Regal, wo all der Kaffee auf einen neuen Besitzer wartet. Aber ich sah keine Kaffeefilter. So irrte ich durch den Supermarkt und entdeckte die Filialleiterin.

„Erna", sprach ich sie an, „wo lagern denn bei euch die Filtertüten?"

„Na, gleich beim Kaffee", antworte sie mir.

„Das kann nicht sein! Ich war beim Kaffeeregal. Außer Kaffee lagert dort nichts", teilte ich ihr mit.

Sie rief den Azubi. Der nahm mich an die Hand und führte mich zu den Filtertüten, die direkt neben dem Kaffee gelagert waren. Nun muss man mir verzeihen, in meinem gesamten Leben habe ich noch nie Filtertüten gekauft. Ich bedankte mich beim Azubi, packte die Filtertüten in den Einkaufswagen neben meinem Bier und schob den Wagen in Richtung Kasse. Dort angekommen legte ich meinen Einkauf auf das Band. Der Kassierer, eine studentische Aushilfe, wollte lustig rüberkommen. So schaute er mich an und meinte: „Bier und Filtertüten? Na, das passt aber gar nicht zusammen. Oder kaufst du für zwei Haushalte ein?"

Also ganz ehrlich, noch flacher geht es wirklich nicht. Da ich aber total stolz auf mich war, denn ich hatte Filtertüten in diesem Dschungel von Supermarkt gefunden, wenn auch mit Hilfe des Azubis, war seine Aussage für mich eine Herausforderung.

„Bist du denn über gar nichts informiert?", fragte ich ihn, „vor ein paar Tagen stand doch in allen Zeitungen, dass die deutsche Bierindustrie sich nicht mehr an das deutsche Reinheitsgebot hält und einige Bierhersteller mittlerweile Zusatzstoffe in das Bier mischen, was aber gesetzlich verboten ist. Und um das als Verbraucher zu überprüfen, gießt man sein Bier durch eine Kaffeefiltertüte in sein Glas."

Allein sein dämlicher Gesichtsausdruck war mir ein echter Genuss. Aber da er ein Chemiestudent war, wollte er nun alle Einzelheiten von mir wissen.

„Also", erklärte ich ihm, „man filtert das Bier, indem man das Bier durch den Kaffeefilter in das Glas eingießt. Bleibt der Filter sauber, kannst du den Kaffeefilter morgen früh zum Kaffeekochen benutzen. Bleiben aber dunkle Reste in dem Kaffeefilter, bist du beschissen worden; denn dann hat sich dieser Bierhersteller nicht an das deutsche Reinheitsgebot gehalten und du musst den Kaffeefilter wegschmeißen."

Nun nahm sich unser Chemiestudent Papier und Stift zur Hand und fragte mich: „Was für Partikel bleiben denn im Kaffeefilter zurück?"

„Nun", erklärte ich ihm, „so genau weiß ich das auch nicht; denn in Chemie bin ich nicht wirklich fit. Aber ich habe natürlich gegoogelt und dort stand, dass man solche dunklen Reste auch Profitgier nennt."

Ich wünschte noch einen schönen Feierabend und dachte mir so, auch Einkaufen kann Spaß machen.

Störfaktor Fahrrad

Wusstet ihr eigentlich schon, dass ich mit den öffentlichen Verkehrsmitteln fahre?

Natürlich wisst ihr es. Sollte jetzt irgendjemand einen auf erstaunt machen, fliegt er aus dem Saal. Habe ich mich doch nun schon so oft zu diesem Thema geoutet.

Also, ich nutze die öffentlichen Verkehrsmittel, und da erlebt man schon so einiges, vom harmlosen Sex auf dem Rücksitz im Bus bis hin zu nervigen Handygesprächen in der U-Bahn oder pubertären Schlägereien unter Erwachsenen auf Bahnhöfen.

Nun, dies ist der Alltag einer Großstadt. Aus diesem Grund habe ich der Stadt schon vor zwanzig Jahren den Stinkefinger gezeigt, um in ein gemütliches Dorf zu ziehen. Aber mein Arbeitsplatz liegt leider noch immer in der Stadt. Daher bin ich gezwungen, mich in den öffentlichen Verkehrsmitteln unter die Städter zu mischen. Da erlebt man Sachen!

Also, heute Morgen zum Beispiel. Ich sitze so gemütlich und versuche bei diesem Lärmpegel in einer überfüllten U-Bahn zu lesen. Da steigt so ein Mitmensch mit einem Fahrrad ein. Ich frage mich, was macht der Typ jetzt? Fährt er U-Bahn oder Fahrrad?

Wenn ich mich daheim auf das Fahrrad setze, habe ich ein Ziel und dort radle ich hin. Oder ich fahre mit der U-Bahn. Ich habe auch schon darüber nachgedacht, ob diese Mitmenschen gehbehindert sind, es ihnen aber peinlich ist, einen Rollator zu benutzen; denn an einem Fahrrad kann man sich ja auch festhalten, wenn auch nur seitlich. Vielleicht ist es ja auch ein moderner Volkssport für Menschen, die nicht mehr so richtig fit sind. Also drei Minuten Fahrrad fahren, dann drei Stationen mit der U-Bahn, um sich von dieser doch enormen sportlichen

Leistung zu erholen, dann wieder drei Minuten Fahrrad fahren und so weiter.

Also warum diese Mitmenschen ein Fahrrad in der U-Bahn parken, ist mir mehr als unverständlich. In jeder deutschen Großstadt gibt es mittlerweile mehr Fahrradwege als Straßen für das normale Fortbewegungsmittel Auto.

Nun, Autofahrer sind ja über die Jahre zur Hassfigur der umweltbewussten Besserwisser geworden, so wie die Raucher vor einem Jahrzehnt. Wem halt das Argument fehlt, der erschafft sich eine Hassfigur, unterstützt durch stumpfe Politiker und machtgeile Medien, die auf jedes Schiff steigen, welches Profit verspricht.

Doch zurück zu dem Trottel, der sein Fahrrad in der U-Bahn parkt. Ich sitze also in dieser überfüllten U-Bahn. Der Obertrottel zwängt sich mit seinem Fahrrad noch in den Wagon, ohne Rücksicht auf die normalen Menschen zu nehmen. Da aber der Wagon, wie bereits erwähnt, überfüllt ist, findet er keinen Platz für sein Fahrrad, was in der U-Bahn auch nichts zu suchen hat. Er stellt es einfach nur irgendwo in den Weg. Nicht nur, dass niemand mehr an dem Rad vorbeikommt, was dem Besitzer auch so ziemlich scheißegal ist, nein, das Ding wackelt auch noch von rechts nach links und umgekehrt. Nun fiel das Fahrrad um, was für jeden vorauszusehen war, außer für den Besitzer, den Obertrottel. Nun er ist eben nicht nur unfähig, Fahrrad zu fahren, sondern auch ... Aber nein, so gemeine Sätze schreibe ich nicht nieder.

Leider hatte der Besitzer des Rades das Pech, dass sein Rad in meine Richtung fiel. Nein, ich habe ihn nicht sofort aus dem Zug befördert. Ich bin fair. Ich habe bis zum nächsten Bahnhof gewartet, dann flog er aus der Bahn und sein Fahrrad landete auf seinem untrainierten Körper.

Das Tattoo

Wusstet ihr eigentlich schon, dass ich ein neues Tattoo mein Eigen nenne?

Einen überdimensionalen Kopfhörer habe ich mir auf den Rücken stechen lassen mit vielen liebevollen kleinen Ausschmückungen, zum Beispiel Musiknoten, die die Speaker verlassen, sowie einigen Musikinstrumenten, die innerhalb des Kopfhörers tanzen. Dieses Gemälde ziert nun meinen gesamten Rückenbereich. Mein Tätowierer machte sofort ein Foto, nachdem er seine Arbeit an meinem Körper beendet hatte, und schickte es mir auf mein Handy.

Der Heimweg war etwas anstrengend; denn ich konnte im Bus nicht mit der Rückenlehne kuscheln.

Daheim angekommen schickte ich meiner Frau das Bild meines neuen Tattoos. Ihre Antwort dämpfte meine Euphorie, denn sie schrieb: „Darüber reden wir heute Abend."

Nun ist es so, dass meine Frau Tattoos überhaupt nicht mag. Aber sie hat mein erstes akzeptiert, sowie das zweite, das dritte, das vierte und so weiter. Manche Tattoos haben ihr vom Motiv sogar gefallen, daher verstand ich ihre Reaktion überhaupt nicht. Gut, ich muss zugeben, dass sie von meinem heutigen Termin im Tattoo-Studio nichts wusste; denn es sollte eine Überraschung für sie sein.

Ich möchte kurz erklären, wie ich auf das Motiv mit dem Kopfhörer gekommen bin. Vor zirka sechs Monaten erlebte ich eine lebensbedrohliche Situation. Ohne jegliche Vorwarnung verstarb mein mir so treuer und geliebter Kopfhörer. Meine seelische Verfassung kann ich hier nicht in Worte ausdrücken. Doch trotz meiner immensen Trauer surfte ich sofort im Internet nach einem Ersatz, welchen ich auch gleich fand, denn ich wusste ja von welcher Firma der Kopfhörer sein sollte. Auch wusste ich, welche Ansprüche ich habe. Nachdem ich also meinen neuen Kopfhörer in den Warenkorb hinterlegt hatte, schaute ich mal kurz auf mein Konto und erneut schossen mir Tränen in die Augen. Nicht, dass es finanziell gerade unpassend war, nein, es war finanziell total unmöglich. Mittlerweile verspürte sogar mein Junior mit mir Mitleid und so drückte er mir seinen Kopfhörer in die Hand.

„Junior", sagte ich ihm, „dies ist ganz lieb von dir, aber deine Kopfhörer klingen nach Blech und sind somit akustische Umweltverschmutzung."

Ich weiß nicht, ob meine Frau Mitleid mit mir hatte oder nur mein Gejammer nicht mehr ertragen konnte, jedenfalls bestellte sie die neuen Kopfhörer über ihr Konto.

Die nächsten drei Tage verbrachte ich im Bett; denn ich musste mich körperlich und seelisch erst mal wieder aufbauen.

Nachdem mir der neue Kopfhörer wieder ein normales Leben ermöglichte, ich das Geld über zwei Monate verteilt in Raten meiner Frau zurückzahlte, überlegte ich für meinem alten Kopfhörer, der mich so viele Jahre treu begleitet hatte, ein Mausoleum zu errichten. Doch das fand dann selbst ich etwas übertrieben. Daher hatte ich mich für dieses Tattoo auf meinem Rücken entschieden.

Und nun diese deprimierende Nachricht meiner Frau. „Darüber reden wir heute Abend."

Nachdem ich mich mit Selbstdisziplin und Alkohol wieder mental aufgebaut hatte, war der Moment der Wahrheit gekommen. Meine Frau war daheim.

Sofort entblößte ich meinen Oberkörper. Meine Kutte legte ich liebevoll beiseite. Das T-Shirt schmiss ich in irgendeine Ecke. Dann drehte ich ihr den Rücken zu und fragte: „Was hast du daran auszusetzen?"

„Ganz ehrlich, Tommy, warum hast du dir nicht einen ganz normalen Totenkopf auf den Rücken stechen lassen? Hätte mir zwar auch nicht gefallen, aber da ich dich schon so lange kenne, weiß ich ja, wie besessen du sein kannst, und ich hätte es wie immer als spätpubertäre Phase eingestuft und für mich akzeptiert. Aber dieses Motiv mit dem Kopfhörer, ganz ehrlich, ich weiß echt nicht, was du damit ausdrücken willst."

„Schatz", antworte ich, „dies ist ein Andenken an meinen verschiedenen Kopfhörer. Wo liegt also dein Problem?"

„Nun, mein Schatz", teilte sie mir mit, „mit diesem Tattoo stellst du deine Prioritäten total in den Vordergrund."

„Und die wären?", hakte ich nach.

„Nun, die Musik und die Kinder."

In diesem Moment wurde mir klar, dass es ihr gar nicht um das Motiv ging, sondern darum, dass ich mir zwar viele wichtige Tattoo-Motive habe stechen lassen, aber nie ein Motiv, dass sie mit eingebunden hätte.

Fit und gesund

Wusstet ihr eigentlich schon, diese Erzählung hat nichts mit Sport zu tun, eher mit meinem Kontostand.

Vor vielen Jahren habe ich für meinen Junior einen Vertrag in einem Fitness-Studio abgeschlossen. Eigentlich wollte ich dies gar nicht, aber er hat so gebettelt, dass ich irgendwann nachgab.

So fuhren wir gemeinsam ins besagte Fitness-Studio, ließen uns alles erklären und, bevor ich über alles vernünftig nachgedacht hatte, stellte ich fest, dass ich bereits unterschrieben hatte. Mein Junior war glücklich und ich freute mich, dass er glücklich war. Sein „Danke, alter Mann" habe ich sehr genossen.

Die Angestellte des Fitness-Studios wollte natürlich auch mir einen Vertrag andrehen. Nachdem ich ihr aber erklärte, dass ich Arbeitnehmer bin und das Wort Freizeit nicht kenne, gab sie ihren Versuch auf.

Nun lief alles seinen Lauf, wie ich es befürchtet hatte. Nach der Übereuphorie folgte der Normalzustand und dann der Stillstand.

Gut, der Monatsbeitrag war nicht besonders hoch, wenn man nur den Monat sieht, aber gerechnet auf das Jahr, gerechnet auf all die Jahre, hätte ich mir doch schon den einen oder anderen Wunsch erfüllen können, zum Beispiel so einen richtig alten geilen Ford Pick Up.

Vor meinem geistigen Auge sehe ich alle Umweltschützer gemeinschaftlich ein Danke heucheln, dass ich mein Geld in ein Fitness-Studio gesteckt und mir nicht so eine angebliche Dreckschleuder angeschafft habe.

Warum gönnen diese verklemmten Kreaturen mir eigentlich nicht meinen Spaß?

Irgendwann werde ich mir mal so ein Exemplar packen und es fragen, warum die alle solche Spaßbremsen sind.

Doch zurück zum Vertrag mit dem Fitness Studio. Heute habe ich ohne Rücksprache mit Junior den Vertrag gekündigt und nun ist mein Konto wieder fit und gesund.

Ohne Kassenbon

Wusstet ihr eigentlich schon, eben teilte mir meine Frau mit, dass sie auf Facebook einen Verehrer hat, einen Holzfäller.

Ich schaute sie an und fragte: „Und will er dich jetzt fällen?"

„Ach, Tommy, sei doch nicht immer so gemein. Warum darf ich mich nicht mal über einen Verehrer freuen, nach dreizehn Jahren mit dir?"

„ Du kannst dich ja freuen. Was hat er denn so geschrieben?"

„Na ja, dass alle Frauen ihn im Moment nerven, aber er der Meinung ist, dass ich anders bin."

Nach einem Hustenanfall – nicht, dass ich krank bin -, aber mir blieben erst mal alle Worte im Hals stecken. Nachdem dieser Hustenanfall vorüber war, fragte ich sie: „Hat er denn sonst noch etwas geschrieben?"

„Nun sehr viel noch nicht. Wahrscheinlich, weil ich ihm mitgeteilt habe, dass ich in festen Händen bin."

„Das war sehr vernünftig, mein Schatz, denn wenn er schreibt, dass ihn so viele Frauen nerven, und dies dir mitteilt, könnte ich mir vorstellen, dass, wenn er dich besser kennen würde, seine Lebenserwartung recht kurz wäre; denn nur ich habe diese überdimensionalen Nervenstränge aus poliertem Stahl."

„Sag mal, Tommy, bist du eifersüchtig?"

Ich schaute sie an. „Wie kommst du darauf?"

„Nun entweder bist du nur gemein oder eifersüchtig."

Wieder wanderte mein Blick in ihre Richtung. „Ich war noch nie gemein."

„Alles klar. Du bist eifersüchtig. Ganz ehrlich, fühlt sich gut an."

Hätte ich doch nur gesagt, ich wäre gemein! Jetzt verliert mein Selbstbildnis ein wenig an Glaubwürdigkeit.

„Schatz", säuselte sie, „nach so vielen gemeinsamen Jahren, könntest du denn überhaupt noch auf mich verzichten?"

Ich schaute ihr tief in die Augen und erhob meine Stimme: „Du hast irgendwie recht, nach so vielen Jahren des gemeinschaftlichem Lebens fällt es schon schwer, von vorn zu beginnen. Doch selbst wenn ich dich zurückgeben wollte, könnte ich es nicht, denn ich habe den Kassenbon nicht mehr."

Die Firmenfeier

Wusstet ihr eigentlich schon, gestern Abend, also nach Feierabend, hatten wir eine kleine Feier, bezahlt von der Geschäftsleitung.

Grund der Feier war unser sehr positiver Jahresumsatz. Unser positiver Jahresumsatz wiederum beruht auf einer ziemlich gewaltigen Lüge.

Am Anfang des Geschäftsjahres setzten wir uns alle in unserer kleinen Küchenkantine zusammen und überlegten uns, wie wir den Jahresumsatz steigern könnten. Nach vielen Diskussionen und sinnlosen Vorschlägen, also sinnlos, weil sie mit einem erheblichen Mehraufwand verbunden waren, einigten wir uns dann auf ein paar Sätze, die wir in Kundengesprächen einbauen wollten. Sätze wie „Sieht bei dir echt geil aus!" oder „Als du den Laden betreten hast, warst du eine graue Maus und jetzt … Wow! Manchmal bereue ich es verheiratet zu sein" oder „Jetzt, wo ich die Klamotten an dir sehe, ganz ehrlich, das sieht super aus, werde ich mir auch gleich in der Pause kaufen."

Wir hatten uns viele solcher Sätze notiert, so dass man locker ein Jahr damit den Umsatz puschen kann. Und es hat funktioniert. Gestern Abend dafür die Belohnung unserer Geschäftsleitung! Essen und Trinken bis zum Abwinken auf deren Kosten.

Nun irgendwann ist man so satt, dass man nichts mehr in den Magen zwängen kann, obwohl alles so lecker aussieht. Aber Alkohol passt auch in jeden überfüllten Magen und der Alkohol floss reichlich.

Irgendwann stellte ich erschrocken fest, dass jede Kollegin eine Zwillingsschwester hat, und in diesem Moment wurde mir bewusst, warum die Mädels jeden Tag anders drauf sind; denn an einem Tag war mal die Kollegin in der Firma und am nächsten Tag ihre Zwillingsschwester. Noch beim Grübeln über meine neue Erkenntnis, merkte ich, dass die Menge Flüssigkeit, die ich in mich rein gekippt hatte, den Körper wieder verlassen wollte, und so wankte ich zum Klo.

Nachdem diese Menge Flüssigkeit ein neues Zuhause gefunden hatte, ich total erleichtert war, mich abmühte die Jeans wieder zu verschließen, begab ich zum Waschbecken, um meine Hände zu waschen. Nachdem die Hände gereinigt und getrocknet waren, schaute ich an die Wand, an der ein Spiegel hing, und trat erschrocken zwei Schritte zurück. Neben mir stand mein Zwillingsbruder, den ich nie kennengelernt hatte. Auch hatten meine Eltern nie erwähnt, dass ich einen Zwillingsbruder habe. Ich setzte mich auf den Boden des Waschraums, um meine Gedanken zu ordnen. Warum hatte mir bislang nie jemand etwas von meinem Zwillingsbruder erzählt? Ich hätte ihn so gerne früher kennengelernt. Er wäre mir bestimmt ein guter Kumpel fürs Leben gewesen.

Durch diesen Schock war ich total ausgenüchtert und, um nicht weiter grübeln zu müssen, begab mich zurück zu meinen Kolleginnen. Nachdem ich mich wieder hingesetzt hatte und in die Runde schaute, stellte fest, dass die Zwillingsschwestern meiner Kolleginnen sich bereits verabschiedet hatten. Schade, hätte ihnen auch gerne tschüss gesagt.

Mein Schockerlebnis ließ ich mir nicht anmerken. Wir becherten munter weiter, bis und alle Zwillingsschwestern nach einiger Zeit wieder auftauchten. Jetzt war ich doch recht verwirrt. Mir ging die Frage durch den Kopf, kann es sein, dass diese Zwillingsschwestern noch wo anders feiern und nur schnell mal vorbeikommen, um Hallo zu sagen?

Ich schaute nach rechts und nach links, aber mein Zwillingsbruder saß nicht an unserem Tisch.

Shit, dachte ich, ist dem armen Kerl auf dem Klo vielleicht etwas zugestoßen? Sofort wankte ich wieder Richtung Klo, um ihn zu suchen. Und da stand er wieder, direkt hinter mir. Daher konnte ich ihn auch nur im Spiegel sehen. Ich versuchte, mit ihm ins Gespräch zu kommen, aber er wollte mit mir einfach nicht reden. Trotzdem ging ich total erleichtert wieder zu meinen Kolleginnen zurück, um ruhigen Gewissens weiterzutrinken.

„Tommy, du gehst aber heute oft auf Klo! Na ja, mit dem Alter wird halt auch die Blase schwächer", versuchten meine Kolleginnen mich aufzuziehen.

„Ne, ich muss gar nicht so oft pinkeln", entgegnete ich ihnen. „Aber auf dem Klo sitzt mein Zwillingsbruder und der ist so schüchtern, dass er sich nicht traut, sich zu uns zu setzen."

Total verkatert und dämlich

Wusstet ihr eigentlich schon, irgendwie bin ich heute neben der Spur aufgestanden.

Eigentlich wollte ich nach dem Zechgelage gestern Abend heute etwas länger schlafen, aber genau heute war die Sonne der Meinung, sich gegen die sonst üblichen bösen Wolken in dieser Jahreszeit zu behaupten und mein Schlafzimmer mit Licht zu füllen. Normalerweise springe ich sofort aus dem Bett, wenn die Sonne scheint, aber heute wäre so ein Sprung aus dem Bett sehr schmerzhaft gewesen; denn ich hätte sofort Bekanntschaft mit dem Boden gemacht. Also, ganz langsam erheben, Körperteil für Körperteil, dann an die Medikamentenbox meiner Frau und alle Aspirin klauen. Nachdem ich weiß nicht wie viele Aspirintabletten und Tassen Kaffee pur in mich reingekippt hatte, fühlte ich mich fit, das heißt, ich habe mir eingeredet, fit zu sein. Meine Frau sah mein zerbombtes Etwas an und plante gleich ihre Freizeit, das heißt, sie vergewaltigte sofort ihr Handy, um mit Gott und der Welt zu telefonieren.

Da ich aber durch Aspirin und Kaffee zwar nicht wirklich munter war, aber überlebensfähig, nahm ich meine mir aufgebürdeten Verpflichtungen in Angriff. Und so erledigte ich alle sonntäglichen Arbeiten in einer enorm kurzen Zeit; denn mein Körper flehte um Ruhe und einem Sitzplatz, um sein Zittern in den Griff zu kriegen. Da meine Frau langsam, aber sicher begriff, dass ich nach meiner gestrigen Sauftour noch lebensfähig bin und auch noch im Besitz meiner Arbeitskräfte, unterbrach sie kurz ihr Handygespräch mit den Worten: „Schatz, ich helfe dir gleich, muss nur noch kurz was abklären."

Nun, nachdem ich alle meinen sonntäglichen Verpflichtungen abgearbeitet hatte, telefonierte sie noch immer.

Ganz ehrlich, in diesem Moment war mir das sowas von egal; denn mein Brummschädel sehnte sich nach einer totalen Ruhe. So ging ich in den Keller, um mir ein Bier zu holen, um meinen verlorenen Alkoholpegel auszugleichen. Als meine Frau sah, dass ich mir ein Bier aus dem Keller geholt hatte, unterbrach sie sofort ihr doch so wichtiges Gespräch und fragte mich: „Tommy, hast du gestern nicht genug gesoffen? Außerdem musst du noch das Erdgeschoss saugen."

Ich schaute sie an ungläubig an. „Ich habe vor drei Wochen gesaugt. Warum soll ich heute schon wieder Staub saugen?"

„Weil überall auf dem Boden Tannennadeln liegen und saugen ist dein Job."

Ich nahm einen kräftigen Schluck aus der Bierflasche, senkte langsam den Kopf so, dass meine Augen den Boden erblicken konnten, und musste feststellten, dass sie recht hat. Als kriminalistisch begabter Mitbürger erkannte ich sofort, dass diese Tannennadeln nicht so einfach über den Boden verteilt waren, sondern eine Verbrechensspur anzeigten. Mit Mühe erhob ich mich aus meinem Sessel, griff nach meinem Fotoararat und knipste jede Tannennadel einzeln. Plötzlich stieß ich mit dem Kopf gegen unsere Eingangstür. „Schatz, ich glaube, irgendjemand hat unseren Weihnachtsbaum geklaut."

„Tommy, Junior hat gestern den Weihnachtsbaum abgebaut und ihn nach draußen gebracht. Sag mal, hast du denn nicht gesehen, dass der Baum nicht mehr steht?"

Ich ging auf ihre Frage nicht ein. Ich wollte nicht antworten; denn mir schwirrten andere Gedanken durch den Kopf. Wenn mein Junior den Weihnachtsbaum aus dem Wohnzimmer klaut, muss er doch sämtliche Spuren verwischen, so dass niemand mitbekommt, was er getan hat.

Ich muss mit meinem Junior nochmal ernsthaft über Spurenbeseitigung reden; denn ich habe keine Lust, ihn irgendwann im Knast zu besuchen.

Tage, die man im Bett verbringen sollte

Wusstet ihr eigentlich schon, die Seuche hat mich aufgesucht und sich in mir breitgemacht, auf Deutsch ich bin erkältet.

Nun, dies ist nicht besonders wichtig und nicht der Mühe wert, erwähnt zu werden. Aber wie immer, wenn in meinem geplagten Leben etwas Außergewöhnliches passiert, fährt auf dem Nebengleis das normale Leben mit und irgendwann versagen alle Weichen und man kann zwischen dem einem und dem anderen nicht mehr unterscheiden. Besonders, wenn man durch Fieber total neben sich steht. Allerdings hat Fieber auch sein Gutes; denn man fühlt sich genauso, als wenn man besoffen ist, also irgendwie weit über den Wolken und doch ziemlich tief unter der Erdoberfläche. Doch das Fieber bekommt man gratis, Alkohol muss man bezahlen.

In einem lichten Moment stiefelte ich mich, um den Arzt aufzusuchen. Ich musste auch nicht lange warten, was mir gerade in dieser Situation sehr recht war. So saß ich dem Arzt gegenüber und teilte ihm mein Leiden mit. Er hörte mir aufmerksam zu. Als ich erwähnte, dass ich momentan nicht mal rauchen kann, schaute er mich an und schmunzelte. „Na das tut mir aber leid.“

„Nun“, gab ich ihm zu verstehen, „ich weiß, dass Ärzte allgemein gegen das Rauchen sind. Aber wenn du mich auf Entzug erlebst, wärst du wahrscheinlich der erste, der mir sofort ein Päckchen auf Rezept verschreibt.“

Nun, ich bekam eine Krankschreibung und ein Rezept, aber nur für Tropfen und nicht für Zigaretten.

Da ich nun schon unterwegs war, quälte ich mich in die Apotheke und legte mein Rezept auf den Tresen.

„Na wollen wir mal schauen, ob wir das Medikament auf Lager haben“, gab mir die Angestellte der Apotheke zu verstehen.

„Moment mal! Bitte, jetzt nicht gleich übertreiben", stoppte ich ihren Ehrgeiz. „Was hat den der Arzt da überhaupt aufgeschrieben?"

Nachdem sie mir alles gründlich erklärt hatte, fragte ich sie: „Und gibt es noch was Besseres?"

„Was hast du dir denn so vorgestellt?", fragte sie mich.

„Nun, irgendeine chemische Bombe, wo ich nach einer Pille seit gestern wieder gesund bin."

Bedingt durch mein fiebriges Dasein muss ich wohl etwas lauter gesprochen haben; denn plötzlich hörte ich nur noch Gelächter um mich herum.

„Also, so weit ist die Medizin noch nicht", teilte die Apothekenangestellte mir mit, nachdem sie sich die Tränen aus den Augen gewischt hatte.

„Okay", hörte ich mich sagen, „dann überlasse ich es dir und deinem Fachwissen, was das Beste für mich ist; denn ich möchte langsam nach Hause, und hier stehen noch andere mit ihren Wünschen und auch die wollen nach Hause."

Und so geschah es.

An dieser Stelle möchte ich kurz erwähnen, immer, wenn ich für meine Frau Medikamente abhole, ärgere ich mich darüber, dass die Leute so ewig mit den Angestellten in der Apotheke reden. Tja, und heute habe ich mich zu diesen Leuten gesellt. Ich glaube nicht, dass dies am Alter liegt, sondern an meiner Unwissenheit, was Medikamente angeht. Als ich die Apotheke verlassen hatte, habe ich sofort eine Kollektiventschuldigung Richtung Himmel geschickt.

Nachdem ich zuhause angelangt war, meiner Frau mitgeteilt hatte, dass ich leider krankgeschrieben bin, nahm ich die Medikamente, die die Angestellte der Apotheke für mich zusammengestellt hatte. Dann fuhr ich den PC hoch, um Musik zu hören, und wartete auf die Wirkung des Zeugs, welches ich gerade geschluckt hatte.

Nach einiger Zeit, ohne dass ich bereits irgendeine Wirkung verspürte hatte, rüttelte es an meinem Schreibtischstuhl. Bedingt durch mein fiebriges Dasein, glaubte ich, soeben sei ein Erdbeben ausgebrochen. Doch dann stellte ich erleichtert fest, dass dieses Rütteln von meiner Frau verursacht war.

„Schatz, irgendwie sind die Gläser im Geschirrspüler nicht richtig sauber geworden. Dürfte ich mir eins von deinen Biergläsern nehmen, um mir einen Tee zu machen?"

Völlig entgeistert schaute ich sie an. „Engel, jedes Glas ist für eine Bestimmung geboren. Ein Teeglas für Tee, ein Cola-Glas für Cola und ein Bierglas für Bier. Bitte bring doch nicht schon wieder das gesamte Weltgefüge durcheinander!"

Irgendwann muss ich doch zugestimmt haben, obwohl ich mich nicht daran erinnern kann, aber sie trank Tee aus einem meiner Biergläser.

Nicht nur, dass ich krank war, nun litt auch noch eines meiner Biergläser unter falschem Inhalt.

Es gibt Tage, die man lieber im Bett verbringen sollte, um so ein Leid nicht mit ansehen zu müssen.

Das Problem einer jeden Generation

Wusstet ihr eigentlich schon, als ich neulich in der Arztpraxis saß und darauf wartete, dem Arzt all meine Leiden mitteilen zu können, in der Hoffnung, dass er mir helfen würde, blätterte ich gelangweilt in einer dieser Zeitschriften, die da immer so rumliegen, um mir die Wartezeit zu vertreiben.

Beim Blättern stieß ich auf einen Artikel, den ich sehr interessant fand, obwohl ich glaube, dass der Journalist, der diesen Artikel schrieb, unter Drogen stand; denn in diesem Artikel ließ er seiner Bewunderung freien Lauf über die sogenannte Friday-For-Future-Bewegung.

Ganz ehrlich, wie kann man Schulschwänzer bewundern?

Als ich noch zur Schule ging, habe ich natürlich auch mal geschwänzt, aber immer nur dann, wenn unser Hehler neue Ware hatte, die ich dann für einen guten Zweck verkaufte, also für den Bedarf an Zigaretten und Alkohol.

Also, was ist denn am Schulschwänzen zu bewundern? Der Typ, der diesen Artikel schrieb, tat so erstaunt, als wäre Schulschwänzen eine geniale Erfindung von diesem Mädel aus Schweden.

Also, ich habe nichts gegen diese fehlgeleiteten Kinder, hatte ich doch auch als pubertärer Jugendlicher ziemlich eigenartige Gedanken im Kopf. So wollte ich zum Beispiel das System mit einer überdimensionalen Bombe sprengen oder auch so ganz harmlos mal all die Bosse aus Industrie und Wirtschaft meucheln.

Wie gesagt, das ist normal. Allerdings bin ich mit meinen Gedanken nie an die Öffentlichkeit getreten, um meine Mitmenschen zu nerven.

Nun, nach all dem pubertären Gehirngespinsten begann bei mir der Überlebenskampf in dieser Gesellschaft, das heißt, da ich keine reichen Eltern hatte, musste ich arbeiten gehen, und das tue ich noch immer. Und je mehr man altert, wird man nicht nur ruhiger, sondern sieht Zusammenhänge, die man als Jugendlicher noch gar nicht sehen konnte.

Fakt ist aber, nichts in dieser Gesellschaft ist perfekt, ganz im Gegenteil. So einiges ist mehr als beschissen, aber es funktioniert im Allgemeinen. Und so sollte es auch bleiben. Okay, mit kleinen Veränderungen. Die Geschichte hat uns gelehrt, dass alles Bestand hat, außer Ideen, die mit der Brechstange erzwungen werden; denn diese erzwungenen Ideen haben immer einen Boomerang-Effekt.

Doch was diese Kinder noch gar nicht bemerkt haben, bedingt durch ihr Gezeter, Gekreische und dem alltäglichen Stumpfsinn, ist, dass sie doch längst benutzt werden von der gleichen Industrie und den gleichen Lügnern und Betrügern, gegen die sie angeblich kämpfen.

Normal und langweilig

Wusstet ihr eigentlich schon, heute stehe ich total unter Drogen.

Nein, nicht wie ihr jetzt denkt! So einen Scheiß mag ich nicht, aber nach all den Medikamenten, die der Arzt mir verschrieben hat, noch eine Ibu und ein paar Bier, schwebe ich auf Wolke sieben. Geiles Gefühl. Ich hoffe nur, dass dieses geile Gefühl auch noch Morgen anhält; denn morgen fahre ich wieder in die Firma. Meine Frau und auch mein Junior schimpfen natürlich mit mir, da sie der Meinung sind, dass ich noch gar nicht fit bin, um wieder arbeiten zu gehen. Aber da ich ein Sturkopf bin und schon immer Wände eingerannt habe, lasse ich von meinem Vorhaben natürlich nicht ab.

Ich stelle mir in meinem Wahn gerade vor, so unter Medikamenten auf die Menschheit losgelassen zu werden, wie genial das sein kann.

Zwischen lustig und Stumpfsinn nichts mitzubekommen und auf jede Frage eines Kunden mit einem Hustenanfall zu reagieren. Gut, ist vielleicht ehrlicher als ein Lachanfall bei all diesen dämlichen Fragen.

Oder grundsätzlich mit Ja zu antworten, egal wie die Frage formuliert ist. Zum Beispiel auf die Frage „Passt mir diese Größe?" einfach nur ja zu sagen.

Nachdem der Kunde dann die Hose probiert hat, sie ihm um Meter zu groß ist, er sich beschwert „da passt ja meine Frau noch mit rein", einfach so lapidar zu antworten: „Nun, Alter, dann hast du ja nach dreißig Jahren mal wieder Körperkontakt."

Oder die dämliche Frage „Glaubst du, dass mir das steht?" einfach mal ehrlich zu beantworten. „Dir steht definitiv nichts, denn du kannst dich nicht mal mit Schminke retuschieren."

Natürlich ist mir sehr bewusst, dass ich bei diesem Spaß mit einer Kündigung seitens der Firma pokere. Aber ganz ehrlich, ist mir heute scheißegal. Ich befürchte jedoch, dass ich morgen wieder sinnlos normal und langweilig sein werde.

Viel Zeit zum Nachdenken

Wusstet ihr eigentlich schon, heute habe ich meinen Kopf gegen die Familie durchgesetzt und bin trotz meiner Erkältung in die Firma gefahren.

Ich muss ganz ehrlich zugeben, dies war nicht meine beste Idee. Den Arbeitstag habe ich irgendwie hinbekommen. Der Heimweg fiel schon schwerer, denn mir war arschkalt. Nun gut, um mich wohlzufühlen, fehlen noch mindestens fünfzehn Grad, aber ich habe den Heimweg geschafft.

Nachdem ich daheim angekommen bin und mich ordnungsgemäß angemeldet hatte, diesmal allerdings im Flüsterton, denn meine Stimmbänder waren noch nicht angekommen, sah meine Frau mich an. „Tommy, du siehst ja echt beschissen aus. Wärst du doch bloß zuhause geblieben!"

Ehe ich antworten konnte, legte sie mir ihre Hand auf die Stirn. „Tommy, du glühst."

Wären meine Stimmbänder nicht auf halber Strecke zurückgeblieben, hätte ich sofort das Lied von dem Glühwürmchen gesungen. Kaum hatte ich Schuhe und Jacke ausgezogen, steckte schon ein Fieberthermometer in meinem Mund. Eigentlich hatte ich mir das Abendessen anders vorgestellt.

Kurze Zeit später zog sie das Thermometer wieder aus meinem Mund.

„Schatz, ich bin noch nicht satt."

Diesen Satz überhörte sie. „Tommy du hast neununddreißig Fieber."

„Na und", entgegnete ich, „solange ich noch Hunger habe, kann meine Temperatur auch nicht stimmen. Außerdem sind das gerade mal zwei Grad über normal."

„Eben, das sind zwei Grad über der Normaltemperatur. Bitte, ziehe Jacke und Schuhe an! Wir fahren dich ins Krankenhaus."

„Moment mal, darf ich auch noch mitreden?"

„Nein, bei neununddreißig Grad Körpertemperatur ist bei mir Schluss mit lustig, auch wenn es für dich nur zwei Grad sind."

Langsam wurde mir bewusst, dass meine Frau eine Klimaaktivistin ist und wegen zwei Grad gleich eine lebensbedrohliche Krise heraufbeschwört. Vielleicht hätte ich mich noch gegen sie wehren können, aber genau an diesem Abend war auch mein Junior daheim und da der bereits länger und stärker ist als ich, war meine Lage hoffnungslos. Nicht nur, dass mein Abendessen recht dürftig ausfiel, ich meinen Feierabend in einem Krankenhaus verbringen sollte, nein, nun nahm er mir auch noch die paar Flaschen Bier aus meiner Jacke, die ich soeben eingesteckt hatte, um mir die Wartezeit im Krankenhaus zu verkürzen.

Im Auto habe ich kein Wort mit den beiden gesprochen. Im Krankenhaus angekommen haben die beiden mich angemeldet, da sie Angst hatten, ich würde mir noch irgendeinen Trick einfallen lassen.

Es war zwar Samstagabend. Aber wir hatten eine perfekte Uhrzeit erwischt; denn noch waren die Jugendlichen mit Feiern und Saufen beschäftigt und die ersten Verletzten und Komasäufer waren noch nicht eingetroffen. Als der Arzt mich aufrief, nahmen meine Frau und mein Junior mich in die Mitte; denn wir mussten am Ausgang vorbei.

„Nun, was fehlt uns denn?", fragte der Arzt.

Ich zeigte auf meine Familie. „Nun, den beiden fehlt Benehmen."

„Tja, da kann ich nicht helfen", teilte er mir schmunzelnd mit. „Also was hast du?"

„Zwei mal zwei", antwortete ich ihm.

Er schaute mich an. „Wie jetzt?"

„Nun zwei Nervensägen, die mich hierher geschleppt haben, und zwei Grad zu viel Temperatur."

Er legte mir seine Hand auf die Stirn „Wie kann man bei so hohem Fieber noch so viel Humor haben?"

Ich schaute ihn an. „Dies ist kein Humor, sondern mein Überlebensinstinkt."

Nachdem er bei mir Fieber gemessen hatte, nahm er den Telefonhörer und fragte bei irgendeiner Station nach, ob noch ein Bett frei wäre.

„Hast noch eine lange Nacht vor dir?", fragte ich ihn.

„Wie kommst du darauf?", fragte er mich.

„Nun, wenn du dir schon ein Bett reservierst, nehme ich doch an, dass deine Nacht noch recht lang und anstrengend sein wird."

Er schaute mich an. „Das Bett ist für dich, denn bei dieser Temperatur bleibst du erst mal hier."

Langsam begriff ich, dass mein Feierabend nicht auf später verschoben war, sondern mir völlig geklaut werden sollte. Ich schaute den Arzt an, dann meine Frau und dann meinen Junior.

„Warum dreht denn jeder gleich durch, wenn es um ein oder zwei Grad geht? Warum wird denn immer bei ein oder zwei Grad gleich ein indianischer Totentanz aufgeführt, sich die Augen wund geheult und über Selbstgeißelung diskutiert? Ist denn mittlerweile bereits jeder ein Klimaaktivist?"

Der Arzt legte mir seine Hand auf die Schulter, sah mir in die Augen und mit einer geduldigen Stimme erklärte er mir: „Diese zwei Grad können dich dein Leben kosten, genauso wie unserer Erde. Darüber solltest mal nachdenken!"

Plötzlich schmunzelte er wieder. „Aber dafür hast du jetzt genug Zeit, denn dein Bett auf Station drei ist bereits fertig."

Störfaktor Fahrrad II

Wusstet ihr eigentlich schon, meine kleine Geschichte über den Störfaktor Fahrrad hat immense Diskussionen ausgelöst. Finde ich super.

Vielleicht verkaufe ich jetzt ein Buch mehr; denn ich bin ja jetzt in aller Munde. Selbst in den Tageszeitungen wird von mir berichtet mit Foto. Die Schlagzeilen sind immer die gleichen: „Fehlverhalten eines irren Schriftstellers in ernsten Zeiten".

Der Inhalt dieser Artikel ist immer recht lustig. Zum Beispiel wirft man mir vor, in einer Zeit der globalen Erderwärmung und des zu hohen CO_2-Ausstoßes gegen eine mögliche Alternative zu hetzen, dem Fahrrad.

Ganz ehrlich, ich habe nichts gegen das Fahrrad geschrieben; denn das Fahrrad kann doch nichts für seinen Besitzer. Auch ein Hund kann nichts für seinen Besitzer. Übrigens ein Auto auch nicht. Wie oft hört man Sätze wie „ Na ja, ein Porsche, war doch klar, dass der einen Unfall baut!" oder „Schatz, hast du gesehen, typisch Mercedes!". Solche Sätze sind diskriminierend. Als so ein Auto geboren wurde, wusste es doch noch gar nicht, welcher Arsch ihm in die Pedale treten wird.

Nun, in diesen recht lustigen Zeitungsartikeln werde ich also als „gegen die Richtung schwimmender Ignorant" betitelt. Hätten diese geldgeilen Journalisten ihre Hausaufgaben richtig gemacht oder ihre Hausaufgaben überhaupt gemacht, müssten die eigentlich wissen, dass ich gar nicht schwimmen kann.

Und was heißt ignorant? Auch ich bin für Umweltbewusstsein. Aber bitte nicht mit der Brechstange und bloß nicht mit Tränen in Augen vom Untergang der Welt faseln.

Als vor gut zehn Jahren eine Hetzkampagne gegen die Raucher geführt wurde, hat es keine Sau interessiert, dass eine

Gruppe Menschen, die doppelt Steuer belastet ist, im Gegensatz zu den angeblich so reinen Mitmenschen, ihrer Rechte beraubt wurden, die eigentlich im Grundgesetz verankert sind.

Heute redet jeder von Gleichberechtigung gegenüber allen Rassen, Glaubensrichtungen und sexuellen Ausrichtungen, aber ich darf im Restaurant nicht mehr rauchen, also werde ich diskriminiert.

In diesem Land wird immer mit zwei Zungen Recht gesprochen. Und so ist es auch mit dem Umweltschutz.

Erst von der Kanzel herab heulen, um dann die Steuern zu erhöhen. Diese ganzen pubertären Schulschwänzer haben unseren Möchtegernpolitikern perfekt in den Karren gearbeitet.

Unsere Erde ist älter als die gesamte Menschheit zusammen und es gab schon so viele Klimaveränderungen, zu Zeiten wo weder Autos noch Industrie existierten. Und alle haben es überlebt. Nun gut, die Dinosaurier nicht, aber die waren halt in der Minderheit, wie wir Raucher übrigens auch. Und daher drängt man uns zum Aussterben ja auch in rauchfreie Kneipen. Also die Dinosaurier zählen nicht.

Also, alle haben es überlebt, warum heult ihr dann so rum?

Was sich über Jahrhunderte entwickelt hat, kann man nicht gestern abschaffen. Und diese dummen Alternativideen. „Ihr könnt doch die öffentlichen Verkehrsmittel nutzen." Also, ich nutze die öffentlichen Nahverkehrsmittel und werde nur verarscht. Bei jedem Umsteigen verliert man Zeit; denn man muss auf den Anschluss warten. Und ich hasse es zu warten, egal wo, ob in der Kassenschlange im Supermarkt, oder beim Arzt, oder eben beim Umsteigen. Jedes Warten ist verlorene Zeit. Oder der Bus fällt aus, bei einem Zeittakt von zwanzig Minuten steht man dann roundabout vierzig Minuten in der Kälte. Und wer gibt mir die verlorene Zeit zurück?

Ich habe mal so einen Umweltschutzverein angeschrieben und darum gebeten, mir die verlorene Zeit in Form von Geld auf mein Konto zu überweisen. Ich habe nie eine Antwort erhalten, was mir beweist, dass dieser sogenannte Umweltschutzverein seine Arbeit gar nicht ernst nimmt, sondern nur eine große Fresse hat.

Doch nochmal zurück zum Fahrrad; denn ich möchte noch gerne mehrere Wochen in den Tageszeitungen die Schlagzeilen betiteln. Ja, auch ich bin charakterschwach und geldgeil.

Stellen wir uns mal vor, alle Autofahrer benutzen von heute auf morgen das Fahrrad. Also, vor meinem inneren Auge sehe ich schon jetzt Comedy pur. Prustend und keuchend drei Meter fahren und dann schnell in die U-Bahn mit dem Bike.

Aber, so ohne Joke, bei so vielen Menschen, die dann Fahrrad fahren, wäre bedingt durch die doch recht anstrengende Atmung dieser vielen Menschen der CO_2-Ausstoß genauso hoch wie bei den Rindern, die gemeinschaftlich furzen.

Der süchtige Handwerker

Wusstet ihr eigentlich schon, unser Flur ist seit heute Abend recht feucht. Doch wie immer ganz vorn.

Nach einem entspannten Sonntag werkelte meine Frau über Stunden in der Küche, um uns ein besonders leckeres Abendessen zuzubereiten. Nachdem das Essen im Ofen war, teilte sie mir mit, dass sie noch kurz unter die Dusche möchte und ich doch ein Auge auf den Ofen werfen möchte.

Wenn meine Frau vor dem Essen unter die Dusche geht, hoffe ich immer, dass sie nach dem Essen mit mir gemeinsam Kalorien verbrennen möchte.

Nun, so achtete ich auf den Ofen, deckte liebevoll den Tisch und informierte Junior, dass wir in zirka 15 Minuten essen. Ich muss Junior leider immer schon im Vorfeld informieren; denn, wenn ich ihm kurzfristig Bescheid sage, könnte es passieren, dass er zwei Tage später im Wohnzimmer erscheint und sauer ist, dass nichts mehr da ist. Eine Spielkonsole scheint irgendwie jedem Kind das Gefühl für Raum und Zeit zu entziehen.

Nachdem meine Frau ihren Duschvorgang beendet hatte, freute sie sich sehr, dass der Tisch bereits gedeckt war und ich Junior an seinen Platz gefesselt hatte. Auch das Essen war in dem Zustand, dass es seine Räumlichkeit vom Ofen auf den Tisch wechseln konnte.

Bedingt durch ein leichtes Hungergefühl bei Junior und mir stürzten wir uns auf den Braten wie die Bestien eines Zombiefilms.

Nachdem der Braten vertilgt war, ich weiß gar nicht, ob meine Frau auch etwas von dem Fleisch abbekommen hatte, saßen wir gemütlich am Tisch bei unserer Verdauungszigarette.

„Alter Mann," sprach Junior mich an, „könnte es sein, dass es im Flur regnet?"

Ich nahm ihn in den Arm und erklärte ihm: „Du musst über Humor und dumme Sprüche noch sehr viel lernen."

„Papa, ich habe es ernst gemeint."

Wenn Junior mich mit Papa anspricht, hat er ein Problem oder er will mich auf ein Problem aufmerksam machen. Und so erhob ich mich und schaute in den Flur und dort regnete es in Strömen. Sofort rannte ich die Treppe nach oben, da ich vermutete, dass meine Frau vergessen hatte, nach dem Duschen das Wasser abzudrehen.

Nun wird sich der eine oder andere fragen, wie ich auf so eine Idee komme.

Vor einigen Jahren, als unsere Tochter noch bei uns wohnte, kam ich abends mit meiner Frau nach Hause. Nach dem Aufschließen standen wir vor einem ungewollten Swimmingpool im Flur. Sofort rannte ich die Stufen nach oben ins Badezimmer; denn ich hatte Angst, meiner Tochter sei etwas passiert. Um es kurz zu machen, die Badewanne litt an Überfüllung, der Wasserhahn lief noch immer und meine Tochter lag im Bett und schlief. Ich weiß nicht mehr, wie viele Stunden meine Tochter brauchte, um das Wasser aus dem Flur zu bekommen.

Wie oft hatte ich meinen Kindern versucht beizubringen, sich auf eine Sache zu konzentrieren. Wenn man Wasser in die Wanne laufen lässt, kann man sich nicht wieder auf das Bett legen. Wenn man den Ofen erhitzt, kann man sich nicht mal kurz an die Spielkonsole setzen. Wie oft musste ich schon Kohle entsorgen, die als Pizza geboren war.

Doch nun zurück zu dem Abend, als mein Junior mich mit Papa ansprach und es im Flur regnete.

Nachdem ich festgestellt hatte, dass meine Frau alle Wasserhähne abgedreht hatte und die Wanne kein Wasser mehr enthielt, stürmte ich in den Keller und drehte den Hauptwasserhahn ab.

Nun standen wir drei erst mal mehr als dumm im überfluteten Flur, bedingt durch mein Hin- und Her-Gerenne war auch ich bis auf die Haut geduscht, inklusive meiner Klamotten. So zog ich das nasse Zeug aus, schmiss es in irgendeine Ecke und organisierte Handtücher, Bettbezüge, einfach alles, womit man Wasser aufsaugen kann. Nachdem wir es über Stunden geschafft hatten, den Flur von seiner Überflutung zu befreien, setzte ich mich in meinem Sessel, nahm mir eine Zigarette und fragte so in die Runde: „Und was jetzt? Wir haben kein Wasser; denn, wenn ich den Hauptwasserhahn wieder aufdrehe, regnet es auch wieder im Flur."

Meine Frau lief barfuß in den doch recht feuchten Flur und holte einen Ordner aus dem Schrank. „In diesem Ordner habe ich alle unsere Versicherungen abgeheftet." Sie blätterte sich durch diesen Ordner, der sehr dick war, und machte plötzlich ein Geräusch, das mich an geile Abende erinnerte. „Na, hier ist es doch!", sagte sie und nahm das Telefon zur Hand. Junior und ich schauten uns an; denn wir beide wussten nicht, wovon sie redet.

„Schönen Abend", hörten wir sie sagen. „Ihr seid doch die Installationsfirma meiner Versicherung?" Nach einer kurzen Pause „Ich weiß selbst, dass heute Sonntag ist. Aber wir haben eine Notsituation und laut meinen Versicherungsunterlagen dürft nur ihr diesen Schaden beheben." Wieder eine kurze Pause. „In drei Stunden? Du hast ja einen Knall! Ich gebe dir eine Stunde."

Nach zirka eineinhalb Stunden klingelte es bei uns und ein Mitarbeiter der Installationsfirma stand vor der Tür. Er schaute sich den Flur an und bemerkte: „Ganz schön feucht euer Flur."

Normalerweise kontere ich so flache Sprüche, so dass der andere wie ein Trottel dasteht, doch ehe ich Luft holen konnte, setzte er noch einen drauf. „War echt ein Scheißtag. Habt ihr nen Kaffee?"

„Kannst du gerne haben", sagte meine Frau ihm. „Aber erst, wenn du dafür gesorgt hast, dass wir wieder Wasser haben, ohne dass es im Flur regnet."

Ihr könnt euch gar nicht vorstellen, wie schnell dieser Mann in seiner Kaffeesucht von oben bis unten alles geprüft hatte.

„Okay", sagte er dann, „viel kann ich jetzt nicht machen, aber ich installiere euch einen Wasserhahn im Keller, so dass ihr erst mal Wasser habt, um euch morgen früh zu waschen und aufs Klo gehen zu können. Dauert nicht lange. Steht das Versprechen mit dem Kaffee noch?"

Meine Frau ging in die Küche, um den Kaffee zu machen. In der Zwischenzeit baute er den zusätzlichen Wasserhahn im Keller an.

Nachdem dies alles erledigt war, setzte er sich auf meinen Sessel, nahm meiner Frau den Kaffee ab und trank einen ersten Schluck. „Tut das gut! Also mehr kann ich momentan nicht für euch machen."

Nochmals nahm er einen Schluck. „Ihr müsst das Wasser in Eimern nach oben buckeln. Aber morgen schicke euch einen Kollegen, der die Ursache ergründen wird und den Schaden repariert."

In einem weiteren Zug leerte er den Kaffeebecher. „Also, ganz ehrlich, dies ist der beste Kaffee, den ich je getrunken habe. Shit! Wisst ihr was? Ich komme morgen selbst vorbei und ich verspreche euch, dass ich die Ursache des ganzen Dilemma sehr schnell finden werde. Ich würde mich aber sehr freuen, wenn ich morgen noch mal so einen geilen Kaffee bekommen würde."

Am nächsten Morgen stand der gute Mann vor der Tür, bewaffnet mit Koffern voller Werkzeug. „Na, ist der Kaffee schon fertig?"

„Ist der Schaden schon repariert?", konterte meine Frau.

In relativ kurzer Zeit fand er den Schaden und reparierte denselben.

Allerdings war unser Kaffeeautomat in dieser kurzen Zeit heiß gelaufen, und ich zählte insgeheim schon unsere Taler zusammen; denn unser Kaffeeautomat ist nicht versichert.

Die imaginäre Schlagzeile

Wusstet ihr eigentlich schon, dass meine Frau einen Verehrer auf Facebook hat´?

Natürlich wisst ihr das bereits, hatte ich doch darüber berichtet. Nun einige Tage später teilte meine Frau mir mit, dass sie immer mehr Verehrer auf Facebook hat.

„Schatz", fragte ich sie, „was hast du denn für Bilder auf dieser Internetseite von dir rein gesetzt?"

Sie schaute mich erstaunt an. „Ich habe keine Bilder von mir auf meiner Internetseite."

„Aber es muss doch einen Grund geben, warum so viele männliche Internetnutzer dich plötzlich kennen lernen möchten. Hast du vielleicht einen Text geschrieben in der Art, fünfundzwanzig Jahre junge, lebenslustige Frau sucht das Abenteuer des Augenblickes? Oder eine so herzerweichende Geschichte wie, schwerkranke Frau möchte noch einmal Lebenslust verspüren?"

„Nein!", wehrte sie strikt ab. „Ich habe keinen Text geschrieben."

„Du hast keinen Text geschrieben und auch keine Bilder hinterlegt?"

„Doch Bilder habe ich hinterlegt", unterbrach sie mich.

„Du hast doch vor fünf Minuten gesagt, dass du keine Bilder von dir auf der Internetseite hast."

„Habe ich auch nicht", antwortete sie mir.

Langsam wurde mir bewusst, dass ich verbal hier nicht weiterkomme und so ließ ich mir die Bilder zeigen, die sie auf ihrem Account präsentiert. Nachdem ich mich von meinem Lachanfall erholt hatte, fragte sie mich, was denn an den Bildern so lustig sei.

„Schatz, das sind alles Bilder von den Pferden."

„Das weiß ich selbst", unterbrach sie mich trotzig. „Was ist daran so lustig?"

„Schatz, diese Trottel sind der Meinung, dass sie mit den Pferden schreiben." Wieder überkam mich ein Lachanfall.

„Tommy, manchmal bist du echt dämlich. Musst du denn immer mit deiner übertriebenen Fantasie alles schlecht reden!"

„Entschuldige Schatz", versuchte ich sie zu beruhigen, „aber ich stelle mir gerade die morgige Schlagzeile in den Tageszeitungen vor." Und wieder konnte ich mich vor Lachen kaum einfangen. Der Gesichtsausdruck meiner Frau lag so zwischen beleidigt, total empört und „du kannst mich einfach nur am Arsch lecken".

Nachdem ich mich wieder eingefangen hatte, setzte ich mich zu meiner Frau auf das Sofa, nahm sie in den Arm und versuchte ihr das Bild, das ich im Kopf hatte, zu erklären.

„Schatz, bitte stelle dir vor, du gehst morgen früh Brötchen holen."

„Ich gehe nie wieder Brötchen holen", unterbrach sie mich ziemlich trotzig.

„Okay, mein Engel, dann gehst du keine Brötchen holen. Aber nehmen wir mal an, das Klo ist kaputt, und du musst morgen früh zum pinkeln an den Baum und da liest du die Schlagzeile der Tageszeitungen, die da lautet: „Wissenschaftlicher Durchbruch. Mann kommuniziert mit einem Pferd via Internet. Das Unfassbare für die Wissenschaft, das Pferd antwortet in klaren deutlichen Sätzen."

Meine Frau schaute mich an. „Tommy, du bist so ein Arsch. Aber, wenn ich morgen früh Brötchen hole, werde ich noch irgendwelche Drogen besorgen, die deine Fantasie auf einen Normalpegel runterregulieren; denn sonst drehe ich mit dir noch irgendwann durch."

Die Geschichte vom gefallenem Baum

Wusstet ihr eigentlich schon, euer Erzähler wäre heute beinahe von einem Baum erschlagen worden?

Doch lasst mich der Reihe nach berichten.

Nachdem ich meinen doch recht nervigen Arbeitstag beendet hatte, der Heimweg sich dem Ende näherte, stieg ich aus dem Bus, um meine der Gesundheit dienenden zwanzig Minuten von der Bushaltestelle nach Hause zu laufen, wie jeden Tag. Ganz kurz nebenbei erwähnt, ich benutze mein Fahrrad erst bei Strecken, wo ich mehr als zwei Stunden laufen müsste. Daher werdet ihr mein Fahrrad auch nie in der U-Bahn antreffen.

Also, ich laufe so gemütlich vor mich hin und merke, dass das Wetter irgendwie Bock hat, sich zu verändern. Langsam, aber sicher wurde es recht windig. Als ich dann unsere Straße erreichte und auch schon unser Haus und die Häuser meiner Nachbarn sehen konnte, war eine kleine Sturmböe der Meinung, sich mal so richtig austoben zu müssen, und so flogen Massen an Ästen und Zweigen über unsere Dächer. Ganz ehrlich, das war ein Anblick, total faszinierend! Sofort hatte ich Star Wars vor meinem inneren Auge, wenn die TIE Fighter zu Tausenden ihr Mutterschiff verlassen, um die Rebellen anzugreifen.

Trotz meiner Faszination war ich doch recht froh, als ich unser Haus erreichte. Nachdem ich das Gartentor verschlossen hatte, demselben den Rücken zudrehte, um zu unserer Eingangstür zu gelangen, hörte ich hinter mir ein Knirschen. Das hörte sich an, als wenn ein jahrhundertealter Schrank aus Langeweile ächzte. Ich bin definitiv kein neugieriger Mensch, aber dieses Geräusch kam mir so seltsam vor, dass ich mich umdrehte. Alles was nun geschah, registrierte ich nur noch in Slow Motion.

Der Baum auf der anderen Straßenseite hatte vom Stehen die Schnauze voll und nahm bedingt durch die Windböen die Gelegenheit war, seine Lage zu ändern, indem er sich langlegte. Gut, dafür habe ich Verständnis, wenn ich den ganzen Tag in der Firma stehe, freue ich mich auch darauf, mich abends hinlegen zu können.

Aber bitte, warum in meine Richtung? Nur das Häuschen der Bushaltestelle verhinderte, dass ich unter Zweigen und Ästen begraben wurde.

Sofort waren alle Nachbarn auf der Straße. Auch mein Junior, der dies alles vom Fenster aus beobachtet hatte, stand plötzlich neben mir, nahm mich in den Arm und fragte mich: „Alter Mann, alles in Ordnung?"

„Mir geht es gut", antworte ich, „aber ich glaube dem Baum geht es nicht so wirklich gut. Du kannst ja schon mal die Kettensäge holen. Hier liegt Kaminholz für mehre Jahre."

Doch anstelle die Kettensäge zu holen, rief Junior die Feuerwehr, da der Baum die gesamte Straße blockierte, und diese Straße ist die Hauptstraße in unserem Dorf.

Bedingt durch das Unwetter konnte die Feuerwehr nicht sofort vor Ort sein, und so verging ein wenig Zeit, bis sie eintraf.

Mittlerweile hatten sich rechts und links vom schlafenden Baum einige Busse angesammelt.

„Junior", teilte ich meinem Sohn mit, „wir leben in so einem kleinen Ort, haben aber zwei Busdepots. Respekt vor unserem Bürgermeister!"

Mein Sohn schaute mich an und fragte mich: „Alter Mann, bist du sicher, dass dich kein Ast gestreift hat? Du redest momentan echt mehr Unsinn als sonst."

Nachdem mir klar wurde, dass mein Sohn noch nicht so ganz auf meinem Humorlevel gelandet ist, konzentrierte ich mich wieder auf die Straße.

Liebe Freunde, eine live Comedy Show ist im Gegensatz zu Autofahrern, gefangen in ihrem Fahrzeug, einfach nur langweilig. Obwohl alle Autos heute über eine recht große Windschutzscheibe verfügen, so dass der Autofahrer alles im Blick hat, konnten diese Führer ihres Fahrzeuges die Situation nicht abschätzen. Sie fuhren an den parkenden Bussen vorbei, was für sie kein Problem war, denn die Gegenfahrbahn war ja frei, und so standen sie plötzlich vor dem sterbenden Baum und kamen weder vor noch zurück. Ein Fahrzeug versuchte, an dem gefallenem Baum vorbei sich über den Gehweg zu schlängeln. Nun, das Geräusch, das dabei entstand, lässt jeden Autolackierer jubeln.

Tja, manchmal ist der kürzeste Weg nicht unbedingt der schnellste. Manchmal ist dieser kürzeste Weg der dümmere Weg.

Das Tattoo II

Wusstet ihr eigentlich schon, nachdem Gejammer meiner Frau über mein Rückengemälde habe ich lange nachgedacht, wie ich auch sie in ein Motiv mit einarbeiten könnte.

Mit meinem Tätowierer saß ich über Stunden zusammen. Immer wieder schüttelte er seinen Kopf. „Tommy, bist du dir eigentlich bewusst, dass du Gefahr läufst, eines Tages ein geschwärztes Tattoo zu besitzen."

Ich weiß die Besorgnis meines Tätowierers zu schätzen, aber in meinem Alter wechselt man den Partner nicht mehr. Man ist eher froh, dass man seinen Partner glaubt zu kennen und zu verstehen, ohne tägliche Überraschungen zu erleben. Ganz nebenbei erwähnt, bin ich zum Wechseln auch viel zu faul.

Also, mein Tätowierer und ich saßen Stunden lang beisammen. Er zeichnete ein Motiv nach dem anderen, aber immer wieder verwarfen wir alle Entwürfe, da sie zu meinen anderen Tattoos nicht passten.

Plötzlich spürte ich, dass mein Tätowierer einen Geistesblitz hatte.

„Tommy, du hast mir doch erzählt, dass deine Frau zu dir gesagt hat, einen Totenkopf hätte sie noch akzeptieren können."

„Ja schon, aber sie meinte dies nicht wirklich ernst", antworte ich ihm.

„Ist doch egal, gesagt ist gesagt." Und sofort flogen seine talentierten Hände über das Zeichenpapier.

Das Ergebnis war nicht nur genial, sondern einzigartig. Ich war begeistert und sofort einverstanden. Er machte sich sogleich auch an die Arbeit.

Nachdem er sein Werk beendet hatte, machte er wie immer ein Foto davon für seine Sammlung und schickte es auch mir auf mein Handy.

Voller Stolz und innerer Genugtuung erwartete ich meine Frau zuhause, damit auch sie endlich in den Genuss dieses Meisterwerks käme.

Dann endlich betrat sie unser Heim.

„Schatz, ich habe eine Überraschung für dich", begrüßte ich sie bereits an der Eingangstür. Kaum saß sie auf ihrem Sofa, entblößte ich meinen Oberkörper und zeigte ihr das neue Tattoo. An ihrem Blick spürte ich sofort, dass die Hölle ein Erholungsort sein kann.

„Tommy, das ist ein Totenkopf und mehr nicht!"

„Schatz", sagte ich zu ihr, „schau doch mal genau hin! Die Augenhöhlen sind nicht geschwärzt. In den Augenhöhlen habe ich den Anfangsbuchstaben deines Namens und dein Geburtsjahr einarbeiten lassen."

Ich möchte ihr Gezeter hier nicht wiedergeben. Ich konnte mir die Menge der Wörter und Sätze, die sie mir entgegenschleuderte, auch nicht merken.

Alle Versuche, sie zu beruhigen, brachten absolut nichts und so setzte ich meinen Kopfhörer auf und schrieb meinen Tätowierer, dass wir beim nächsten Termin die Augenhöhlen schwärzen.

Ich weiß wirklich nicht, warum meine Frau so notorisch unzufrieden und unromantisch ist.

Ein kurzer Gedanke

Wusstet ihr eigentlich schon, ich kann Werbung nicht ertragen. Obwohl ich Fernsehen und Radio boykottiere, kann ich mich dieser dämlichen Werbung nicht entziehen.

Da stehst du morgens auf dem Bahnhof und schon grinst dich ein Vollpfosten von einem Plakat an, um dir mitzuteilen, welchem Produkt er diese steife Gesichtsmaske verdankt. Besonders schlimm sind auch diese vielen Flyer im Briefkasten. So viel Heizmaterial braucht kein Mensch.

Was ich aber erschreckend finde, in diesen vielen sinnlosen Werbespots wacht die gesamte Familie gemeinschaftlich im Bett auf, bereits geduscht und geschminkt. Ich habe einmal versucht, vor dem Aufwachen zu duschen. Meine Frau hat dann drei Stunden das Bad geputzt.

Für mich persönlich ist der Höhepunkt des nicht Ertragbarem die Wahlkampfzeit. An jedem nur erdenklichen Gegenstand werden Plakate mit Gesichtern angebracht, die niemand kennt und auch nicht kennen möchte. Da hängt dann Plakat hinter Plakat oder auch übereinander. Das ist nicht nur Ressourcenverschwendung, sondern definitiv optische Umweltverschmutzung.

An dieser Stelle sei ein Appell an alle Umweltaktivisten und Klimaschützer gerichtet: Bekämpft die Werbung; denn so schützt ihr die Ressourcen und agiert endlich einmal vernünftig und sinnvoll. Wie schön wäre diese Welt doch ohne diesen Werbezwang. Einfach nur das Produkt benutzen, das man sich selbst aussucht. Und wenn man damit zufrieden ist, bleibt man einfach bei diesem Produkt; denn Qualität ist die beste Werbung eines jeden Herstellers und dafür muss man auch keine Plakate kleben. Doch das wirklich schöne an einem Leben ohne Werbung ist eigentlich, dass man etwas weniger belogen wird.

Die üblichen zehn Minuten

Wusstet ihr eigentlich schon, meine Frau kam mal wieder zehn Minuten zu spät.

Nein, nicht zu einem Termin. Wenn meine Frau sich zehn Minuten bei einem Termin oder einer Verabredung verspäten würde, würde sich jeder über ihre Pünktlichkeit freuen.

Ich sitze heute früh so bei meinem Kaffee und hatte dasselbe Erlebnis wie bei meinem Biergläsern. Der Kaffeebecher war ohne jeden mir erklärbaren Grund leer. So erhob ich mich und sagte mit schlichten Worten: „Ich mache mir noch einen Kaffee."

Gesagt, getan, und so saß ich wieder in meinem Sessel, trank einen kräftigen Schluck und nahm mir eine Zigarette aus dem Päckchen.

Doch kaum, dass ich die Zigarette angezündet hatte, sagte meine Frau zu mir: „Wenn du dir gleich noch einen Kaffee machst, könntest du mir bitte einen Kakao machen."

Ich schaute sie an. „Der Kaffee steht bereits auf dem Tisch und ich werde mich jetzt nicht noch mal …"

Nach einem einminütigem Augenduell ging ich in die Küche und machte ihr einen Kakao.

Ganz ehrlich, ich erfülle gerne den einen oder anderen Wunsch meiner Frau, aber immer hängt sie zehn Minuten hinterher. Manchmal frage ich mich, ob sie überhaupt die Uhr lesen kann oder ob sie die Realität nicht mitbekommt.

Genial finde ich immer wieder ihre Sätze „Daran hättest du doch denken können!" oder „Du weißt doch, dass …" oder „Muss ich mich denn immer wiederholen?"

Ich gebe ihr ja in dem einen oder anderen Punkt recht. Der Tagesablauf ist mehr oder weniger immer derselbe, halt die übliche Routine. Aber deswegen kann ich doch nicht auch noch für sie mitdenken.

Jeden Morgen, wenn ich aufstehe, habe ich mich über Nacht neu erfunden, und so beginne ich voll Elan den neuen Tag, um schließlich festzustellen, dass ich mich eigentlich gar nicht neu erfunden, sondern durch die nächtliche Ruhe nur etwas Rost abgekratzt habe.

Und so mache ich mir einen Kaffee, setze mich in meinen Sessel und warte gespannt, was in zehn Minuten auf mich zukommt.

Kurz vor dem Ende

Wusstet ihr eigentlich schon, ich sitze so an meinem PC, den Kopfhörer auf den Ohren, und entspanne mich in mir selbst.

Dann aber wirst du von deiner Familie wieder mal gestört.

Ach Tommy, wie oft denn noch? Ich würde mich manchmal freuen, wenn diese Stimmen in meinem Kopf mal für fünf Minuten die Fresse halten würden; denn nun muss ich von vorn beginnen.

Also, ich sitze an meinem PC, den Kopfhörer auf den Ohren, entspanne mich in mir selbst und niemand stört mich. Niemand, der an meinem Schreibtischstuhl rüttelt, niemand, der seine Wünsche mir gegenüber äußert oder mir eine Zigarette klaut. Selbst die Hunde nehmen Abstand von mir.

Mein erster Gedanke war natürlich, könnte es sein, dass du heute vor dich hin stinkst. Sofort fragte ich meine Frau, ob dem so wäre.

„Wie kommst du denn darauf? Komm, Schatz, setzte deinen Kopfhörer wieder auf und genieße dein Dasein!"

Total perplex saß ich also da und verstand mein Familienleben nicht mehr. Bis vor kurzem noch durch die Gegend gescheucht und nun diese Ignoranz mir gegenüber!

Irgendwann betrat mein Junior das Wohnzimmer und, anstelle sich bei mir eine Zigarette zu schnorren, drehte er sich seine eigene Zigarette. Ganz ehrlich, ich konnte dem allem nicht mehr folgen. Was war mit meiner Familie passiert?

Und so grübelte ich vor mich hin. Einer meiner ersten Gedankengänge war natürlich, dass meine Familie sich die Gehirnsynapsen hat richten lassen und nun endlich normal ist. Doch dies konnte ich mir wirklich nicht vorstellen.

Dann fiel mein Blick auf den PC-Monitor und ich stellte mit Schrecken fest, dass dieses Büchlein fast zu Ende geschrieben ist.

Nun wurde mir die Fürsorge meiner Familie bewusst. In ihrer Sensationsgier schmachten sie auf neue Erzählungen. Da aber noch eine Geschichte fehlt, geben sie mir alle Zeit der Welt, diese eine Geschichte zu schreiben, so dass ich morgen ein neues Büchlein beginnen kann.

Ende Teil III

Wusstet ihr eigentlich schon, dieses Büchlein ist nun beendet.

Doch diesmal habe ich bereits den Titel für ein neues Büchlein. Es geht also weiter, versprochen.

In den Erzählungen dieses Bandes haben sich leider persönliche Meinungen meinerseits eingeschlichen, obwohl ich immer versuche, dies zu vermeiden.

Aber irgendwann konnte ich dieses Jammern in den Medien nicht mehr ertragen. Sätze, wie „bedingt durch die globale Erderwärmung schwitze ich wie eine Sau" oder „dieser extreme CO2-Gehalt – Hilfe ich ersticke!" machen mich rasend.

Bedingt durch dieses sinnlose Jammern rutschte mal die eine oder andere persönliche Meinung in einige Erzählungen mit rein. Dies war für mich allerdings sehr viel einfacher und auch sehr viel ruhiger als täglich diesen Großmäulern die Fresse zu polieren.

Doch nun auf zu neuen Schandtaten in Form von kleinen Geschichten und Erzählungen.

Ich verspreche euch, dass ich beim nächsten Bändchen persönliche Meinungen nicht mehr mit einfließen lasse.

Ganz ehrlich, niemals hätte ich gedacht, dass Schreiben auf der PC-Tastatur mit gekreuzten Fingern so kompliziert ist.

Nun, lassen wir uns alle gemeinsam überraschen, was das nächste Büchlein uns zu berichten hat.

Bis dahin, lebt wie ihr euch fühlt.

Old Tommy

Nachsatz

Wusstet ihr eigentlich schon,
dass die Erde sich um sich selbst dreht,
dass die Sonne auch im Dunkeln scheint,
dass die Natur sich immer selbst hilft?

Wusstet ihr eigentlich schon,
dass ein Fahrrad nicht in die U-Bahn gehört,
dass Handygespräche nicht wirklich wichtig sind,
dass Filtertüten beim Kaffee lagern?

Wusstet ihr eigentlich schon,
dass gefallene Bäume nichts mit Sex zu tun haben,
dass die Wahrheit nicht unbedingt um die Ecke wohnt,
dass der Weg in die Küche frei sein sollte?

Wusstet ihr eigentlich schon,
dass ein Tattoo Frauen auf die Palme bringen kann,
dass ein süchtiger Handwerker echt gute Arbeit leisten kann,
dass man unbedingt den Kassenbon aufheben sollte?

Wusstet ihr eigentlich schon,
dass ihr alle mir Inspiration seid,
dass nur durch euch diese Erzählungen entstehen,
dass ich euch dafür dankbar bin?

Epilog

Der imaginäre Dirigent verlässt das Podium,
um sich in sein Nichts zurückzuziehen.

Der imaginäre Dirigent spürt tief in seinem Inneren,
dass nicht er die Fäden der Marionetten zieht,
sondern das die Marionetten ein Eigenleben besitzen.

Der imaginäre Dirigent verlässt das Podium
und löst sich in sich selbst auf.

HANS MÜHLBERGER

DER STENZ VON DER AU

GESCHICHTE EINER MÜNCHNER FAMILIE

L.A.M.

„Ich weiß ned, war die Zeit schuld oder war ich selber schuld an meinem Leben?"

So beendet Ossi, der treusorgende Familienmensch, der zuverlässige Freund, der Herzensbrecher, der Zuhälter, der Anstifter zum Mord und Mörder seine Lebensbeichte.
Ein Blick in eine wenig bekannte Welt im München des 20. Jahrhunderts. Humorvoll und spannend geschrieben.
Ein BoD-Bestseller

als Buch: ISBN 978-3-8423-7369-3
als eBook: ISBN 978-3-8448-6972-9

Der zerbrochene Engel

Quem Deus amat eum castigat

Wen Gott liebt, den züchtigt er

Alex, der Sohn eines Zwangsarbeiters, den man bisher in Cham bei einer Pflegemutter versteckt hielt, kommt mit 9 Jahren ins Internat. Aus ihm soll einmal etwas werden, meint seine echte Mutter und freut sich, dass er wegen seiner glockenhellen Sopranstimme im Chor der Regensburger Domspatzen aufgenommen wird. Eine harte Zeit steht ihm bevor, nicht zuletzt, weil jeglicher Kontakt zu seiner geliebten Pflegemutter unterbunden wird. Das einzige, was ihn mit ihr noch verbindet, ist ein geweihter Schutzengel aus Gips, den sie ihm zum Abschied schenkt.

Buch: ISBN 978-3-7448-3548-0

eBook: ISBN 978-3-7448-0605-3